संजय सहाय

जन्म : 21 अक्टूबर, 1958

शिक्षा : वाणिज्य स्नातक

प्रकाशित कृतियाँ : लम्बी कहानियाँ 'शेषांत' एवं 'मध्यांतर' व्यापक स्तर पर चर्चित।

'शेषांत' पर रजत कमल से पुरस्कृत फिल्म 'पतंग' का निर्माण।

अनेक पत्र-पत्रिकाओं में कहानियाँ व लेख प्रकाशित।

सम्प्रति : वर्तमान में आप 'हंस' मासिक पत्रिका के सम्पादक हैं।

सम्पर्क : 186, अनुग्रहपुरी कॉलोनी, गया-823001 (बिहार)

मुलाकात

संजय सहाय

प्रस्तावना
विश्वनाथ त्रिपाठी

राजकमल पेपरबैक्स

राजकमल पेपरबैक्स में
पहला संस्करण : 2018

राजकमल पेपरबैक्स : उत्कृष्ट साहित्य के जनसुलभ संस्करण

प्रकाशक : राजकमल प्रकाशन प्रा. लि.
1-बी, नेताजी सुभाष मार्ग, दरियागंज
नई दिल्ली-110 002

शाखाएँ : अशोक राजपथ, साइंस कॉलेज के सामने, पटना-800 006
पहली मंजिल, दरबारी बिल्डिंग, महात्मा गांधी मार्ग, इलाहाबाद-211 001
36 ए, शेक्सपियर सरणी, कोलकाता-700 017

वेबसाइट : www.rajkamalprakashan.com
ई-मेल : info@rajkamalprakashan.com

बी.के. ऑफसेट
नवीन शाहदरा, दिल्ली-110 032
द्वारा मुद्रित

मूल्य : ₹125

MULAKAAT
Stories by Sanjay Sahay

ISBN : 978-93-87462-38-0

अनुष्का, अमृता
और
दामिनी को सप्रेम

क्रम

आभार

सुरंग के बाद की लिखी पाँच कहानियों का छोटा-सा संग्रह श्री अशोक महेश्वरी तथा सत्यानन्द निरूपम के सौजन्य से आपके सामने है। हार्दिक आभार! चार कहानियाँ समय-समय पर हंस में और 'मिट्ठू' *इंडिया टुडे* की सन् 2000 की साहित्य वार्षिकी में स्थान पा चुकी हैं। इन कहानियों के पहले श्रोता रहे–दूर्वा सहाय, अशोक कुमार, अब्दुल कादिर, संतोष कुमार तिवारी, सत्येन्द्र कुमार और अजित राय के प्रति कृतज्ञता प्रकट करता हूँ। निरंतर सहयोग और समर्थन के लिए रचना यादव, बलवंत कौर, विभास वर्मा और अरुण सिंह को सादर धन्यवाद। पुराने अंकों में से इन कहानियों को खोज निकालने और फिर से टाइप करने में सुश्री वीना उनियाल, सुभाष चंद और माने मकर्तच्यान का योगदान अमूल्य है–इन्हें भी धन्यवाद।

काश कि राजेन्द्र जी इसे देख पाते...

–संजय सहाय

नवम्बर, 2017
नई दिल्ली

प्रस्तावना

संजय सहाय द्वारा लिखित कहानियों की संख्या अधिक नहीं है। लेकिन उनमें हमारे समय की मानसिक विभीषिका और उसके द्वंद्व प्रस्तुत कर दिए गए हैं। प्रस्तुति का ढंग ऐसा है मानो सब कुछ आपके सामने घटित हो रहा है। यही नहीं, पढ़ते हुए या घटनाओं को 'देखते' हुए आपको ऐसा लगता है मानो आप सिर्फ द्रष्टा ही नहीं, उस दारुण नाट्य-कथा के खुद कोई पात्र हैं। इसे संजय की–'मुलाकात', 'एक बार फिर' जैसी कहानियों की बहुत बड़ी सफलता माननी चहिए। यह तभी संभव है जब रचना में डिटेल्स विश्वसनीय हों। विश्वसनीयता–कह देने को नहीं, उसे दिखा देने की होती है। यह दिखा देना निर्णायक है क्योंकि 'नाट्य' के बिना दृश्यता नहीं आ सकती। और नाट्य में सिर्फ सीक्वेंस नहीं होता। उसमें कुतूहल, स्वाभाविकता या ऐसी अप्रत्याशिता होती है जो असाधारण तो हो, किंतु असंभव नहीं। यह शिल्प संजय सहाय की कहानियों में सार्थक इसलिए होता है क्योंकि उनकी कहानियों की कथा-वस्तु कल्पित नहीं, इतिहास–हमारे समय की वास्तविकता है। वर्तमानता की धार रचना की वस्तु होती है। संजय सहाय ने 'एक बार फिर' जैसी कहानियों में हमारे समय की ऐतिहासिक वस्तु को निर्ममता के साथ चित्रित किया है। वे अपराधी समझे जाने वाले पात्र का मानसिक विश्लेषण करने में सिद्धहस्त हैं। उनका अपराध-विश्लेषण या अंकन अपराध-स्वीकार या कनफेशन तक नहीं रुकता। उनके रचनाकार की प्रामाणिकता उनकी कहानियों के इस प्रभाव में है कि अपराध ऐसा आहत करता है कि उसकी भरपाई कनफेशन में या पश्चात्ताप में भी नहीं समाती। आहत होने की यातना अमिट, अमार्जनीय है।

और ये प्रभाव ऐसे विवरण-शिल्प या सीक्वेंसेज में मंचित होते हैं कि हमारे समय की अनैतिकता, बदसूरती, अति-व्यवहार, अतिरिक्तता, विज्ञापनी मानसिकता, अश्लीलता, बनावट के रूप पात्रों की सज्जा और उनकी क्रियाओं में सामने आ जाते हैं।

ये कहानियाँ कहानियाँ होने के साथ-साथ नाटक या फिल्म की पटकथा भी हैं, कहन-शिल्प के कारण।

संजय सहाय ने जो कहानियाँ शुद्ध अभिधा में लिखी हैं 'फाँक' जैसी, वे मुझे बेहद पसंद हैं। 'फाँक' जैसी—नारी जीवन की व्यथा में थोड़ा-सा अंतराल पैदा कर देने वाली मार्मिक कहानियाँ मैंने कम पढ़ी हैं।

संजय सहाय को अपने व्यस्त जीवन में से पर्याप्त समय लेखन को देना चाहिए, क्योंकि उनमें इतनी संभावनाएँ हैं।

नवम्बर, 2017
नई दिल्ली

—विश्वनाथ त्रिपाठी

मुलाकात

मुठभेड़

ईश्वर में उनका अधिक विश्वास नहीं बचा था! वे बेहतर जानते थे कि ईश्वर सर्वशक्तिमान नहीं है। और यदि है भी तो उसके पास इतना वक्त नहीं है, या कि यह उसकी प्रतिष्ठा के अनुरूप नहीं है कि पहले वह किसी किरानी की तरह अच्छे-बुरे लोगों की फाइलें तैयार करे, फिर तुगलक की तरह उन पर पुरस्कार अथवा दंड के फरमान ठोकता फिरे! अगर ऐसा होता तो पुलिस महकमे से लेकर नागरिक अभिनंदन कमेटियों तक की आवश्यकता ही नहीं बनती। अतः ईश्वर की इस अक्षमता हेतु वे उसे कभी-कभार धन्यवाद अवश्य दे दिया करते थे। जैसे जब उन्हें पहली मर्तबा गैलेंट्री मेडल से नवाजा गया था तब उन्होंने तहे दिल से 'उसे' अंग्रेजी में कई बार थैंक यू कहा था। यूँ इस बात को हुए एक लंबा अर्सा गुजर चुका था किंतु दूसरे मेडल की संभावनाएँ तेजी से उपज रही थीं!

ईश्वर में उसका भी ऐसा कोई खास विश्वास नहीं था! गाहे-बगाहे तमाम आस्तिकों की नाईं वह भी ईश्वरों को सुलभ-शौचालय की तरह बेहिचक इस्तेमाल कर लिया करता था। जैसे उनका स्मरण कर सब समझते हैं कि अपने जेहन पर लदे हर पाप को उन्होंने एक झटके में 'फ्लश' कर डाला है। पर ईश्वर को मालूम होना चाहिए कि फिरौती-हत्या-डकैती-बलात्कार जैसे तमाम गुनाहों को अंजाम देते वक्त, अचानक उठ खड़े खतरों के समय उसने बड़ी निष्ठा से उसे कई बार याद किया था। और इस अनास्था के काल में ऐसी ही एक खूबसूरत संभावना ईश्वर के लिए भी फिर तेजी से पनप रही थी।

ईश्वर में उसे रत्ती भर विश्वास भी नहीं होना चाहिए था! जब शहर मुजफ्फरपुर के बदनाम चतुर्भुज स्थान के पालतू मानव साँड़ों ने उसके विरोध को उसके बदन सरीखा ही तोड़ डाला था, तभी उसके ईश्वर को उसी कोठे से कूदकर खुदकुशी कर लेनी चाहिए थी। बावजूद इसके, ईश्वर में उसका विश्वास अपने बचे-खुचे वजूद की तरह सालिम बना रहा। तब है कि उसका ईश्वर जरा नाजुक-सा ही था--क्योंकि हर ढली रात वह अपने साथ-साथ

उसकी भी खैर मनाया करती थी...शायद बाद की दुनिया में उसकी कुछ चलती होगी!...या फिर...कि ऐसी भी कोई दुनिया होती होगी! जैसी कुछ बातों को अपनी अनपढ़ समझ से विचारने के बाद वह कुछ इस तरह के नतीजे पर पहुँची थी कि अगर ऐसा हुआ तो चूँकि धरती की गंगा तो गंदली हो चुकी है वह ईश्वर से उसे आसमानी गंगा में तबदील कर देने की दुआ माँगेगी। पाक, धवल और निर्मल। फरिश्तों ने कहा होगा–'आमीन'! क्योंकि उसकी इस नितांत असंभव-सी कामना के हकीकत में बदलने की संभावनाएँ भी तेजी से दौड़ पड़ी थीं!

कि उसी दिन राष्ट्रपति महोदय ने सांध्य समाचारों में राष्ट्र को संबोधित किया था!..."तीन करोड़ मुकदमे न्यायालयों में लंबित हैं...सिर्फ चार फीसदी मुकदमे किसी फैसले तक पहुँच पाते हैं...!" वगैरह-वगैरह!

कि उसी रात ग्यारह बजे के करीब दारोगा जी टावर के निकट किसी रेस्तराँ में (गोपनीयता बरतने के क्रम में उसका नाम नहीं लिया जा सकता) आधे मुर्ग और पूरे अद्धे का अल्पाहार ले रहे थे, जबकि गश्तीदल आबादी से जरा हटकर मटरगश्ती कर रहा था।

गौरतलब है कि असलहा और अंगरक्षक ढोने की सहूलियत को मद्देनजर रखते हुए राजनीतिक संरक्षण प्राप्त आला दर्जे के अपराधी अब एक खास नाम की एस यू वी में चलते हैं–उनके चेले-चपाटी एक खास तरह की वैन में। किंतु प्रांत के दोयम दर्जे के शैतानी साये अभी भी जिस खास ब्रांड की फटफटिया में सर्रऽऽऽ से निकल जाते हैं, वैसी ही एक निपट सुनसान में गश्तीदल को देख चौकन्ने अंदाज से गुजरने लगी। सामने लफंदर-सा सवार था, पीछे एक हीरोइन सहमी-सी बैठी थी।

दैवयोग से गश्तीदल उसे रोकने में कामयाब हो गया। पूछताछ में उसने खुद को प्रांत की राजधानी का ट्रैवल एजेंट बताया और हीरोइन को अपनी बहन! लड़की ने सफेद रंग की चमकती साड़ी पहन रखी थी और लफंदर के मुँह से शराब के भभके आ रहे थे।

अब दूसरे शहर का ट्रैवल एजेंट, रात के ग्यारह बजे, नशे की हालत में अपनी बहन के साथ। यह इतना बेकार बहाना था कि गश्तीदल ने दोनों की तलाशी ले ली। गाड़ी के कागज तो न मिले पर लड़की के बटुवे से कंडोम का पैकेट निकल पड़ा और लफंदर के पास से नाइन एम.एम. का जर्मन पिस्तौल!

इससे पहले कि ठंडी रात में तमाशाइयों को भनक लगे, गश्तीदल दोनों को जीप में डाल, फटफटिया समेत थाने पहुँच गया।

दारोगा जी की दावत में खलल पड़ा। उन्होंने थाने पहुँचकर दो-चार तमाचे लगाए पर लफंदर अपनी कहानी पर टिका रहा। दारोगा जी शिनाख्त में असफल रहे।

कि उस वक्त मुखबिर 'क' (यूँ तो पूरा शहर उसे जानता है, फिर भी गोपनीयता बरतने के क्रम में...!) जो एक नंबर का बदकार था और दो नंबरी पाउच का धंधा करता था, जिसकी वजह से उसकी पौरुष-ग्रंथि व उससे जुड़ी तमाम शिराएँ और धमनियाँ स्थानीय पुलिस की जकड़ में रहती थीं, अपनी जनाना के साथ उत्तेजक संभोग में रत था, जब टेलीफोन की तीखी घंटी ने उसे बेवक्त शिथिल कर डाला था। दारोगा जी लाइन पर थे।

एक बार को 'क' भी धोखा खा गया। पर जब उसके इशारे पर लफंदर की कमीज उतरवाई गई तो उसके पैंट की बाईं तरफ दिखता लंबा, भद्दा-सा गोली का निशान उसके शुबहे को मिटा गया। 'क' मुसकराया। लफंदर की शख्सियत उस नामी-गिरामी दरिंदे में तबदील होने लगी जो कम से कम तीन कत्ल, आधा दर्जन डकैतियों, उतनी ही फिरौतियों और चंद बलात्कारों में नामजद था!

और चूँकि गश्तीदल कमर खटनी टैक्स की वसूली के सिलसिले में लालबत्ती क्षेत्र की हर बाशिंदी चिड़िया को अच्छी तरह पहचानता था और हीरोइन उनमें से एक नहीं थी, उसकी शिनाख्त अटकलबाजी के आधार पर प्रवासी चिड़िया के रूप में कर ली गई!

यूँ तो गश्तीदल ने माँ की कसम खाकर कहा था कि दोनों को उठाकर लाते हुए उन्हें किसी ने भी नहीं देखा है। पर दारोगा जी को विश्वास तनिक देर से होता था। किंतु घंटे भर बाद भी जब कोई कोठेवाली या अन्य फरियादी रोते-कलपते नहीं पहुँचा, तब उन्हें भी इस बात का भरोसा हो गया। उन्होंने इत्मीनान से फोन उठाया और सहूलियत से एक नंबर मिलाया।

कि उस वक्त एस.पी. साहब गहरी सोच में डूबे हुए थे। उनका ध्यान राष्ट्रपति महोदय के वक्तव्य, उसमें उल्लेखित छियानवे प्रतिशत के उस आवाम– जिसके लिए न्याय की प्रक्रिया अवरुद्ध थी, और दरवाजे पर दस्तक देते मानवाधिकार दिवस के बीच बराबरी से बँटा हुआ था।

"जहाँ मात्र चार प्रतिशत लोग ही फैसले पा सकते हैं वहाँ 'सबके लिए न्याय' का बुनियादी वादा क्या अपने साथ-साथ इस समूचे लोकतंत्र को भी एक बड़े भारी फरेब में नहीं बदल डालता?" उन्होंने चाय में चीनी घुमाई और एक सिगरेट जलाई।

भले ही राष्ट्रपति महोदय को इसका बोध अब हो रहा हो—एस.पी. साहब यह सब बखूबी जानते थे और बहुत पहले से जानते थे। उन्हें कतिपय संदेह नहीं था कि मुल्क में शुद्ध जंगल-राज है। कितनी ही मर्तबा उन्होंने भेड़-बकरियों को सालों-साल जेलों में सड़ते पाया था जिनके लिए कचहरियों के पास वक्त नहीं था, व जिनके तुच्छ-से गुनाहों की पूरी सजा ही शायद दो-तीन महीनों की होती।

और कितनी ही मर्तबा उन्होंने हैवानों को झटपट बेल पर छूटते देखा था ताकि वे अगली हैवानियत को जल्द से जल्द अंजाम दे सकें—या हो सके तो कूदकर अशोक की लाट पर चढ़ बैठें और वहाँ से दुम फटकारें!

कितनी ही बार उन्होंने पाया था कि दारोगाओं को सनहा तक लिखने का शऊर नहीं है या फिर वकीलों को अर्जी और जजों को फैसले लिखवाना भी नहीं आता! और कि लगभग हर आदमी पर कीमतों की चिप्पियाँ चस्पां थीं।

ऐसे जंगली हालात में मानवाधिकार आयोग या सच पूछें तो राष्ट्रपति महोदय की भी क्या आवश्यकता थी—उनके शुबहे का सबब था।

बहरहाल, इन तमाम निरर्थक बातों में वह इस कदर उलझ गए थे कि सिगरेट की राख ऐश ट्रे में झाड़ने की बजाय दो-तीन बार चाय की प्याली में गिरा चुके थे और पहले से गाढ़ी-बदरंग बेस्वाद-सी उस चाय को निर्विकार भाव से सुड़कते भी जा रहे थे।

एकांत में दूर से पीछा करती कुछ प्रतिध्वनियाँ भी गूँजने लगी थीं।

..."महोदय, आप सोलह अक्टूबर के ग्यारह बजे मानवाधिकार आयोग के रजिस्ट्रार के समक्ष खुद को प्रस्तुत करें..."

"उन्हें बचाने की कोशिश करना हमारी ड्यूटी थी...वरना कल को तुम्हें कौन बचाएगा?"

"इसे ऑपरेशन नगर-सफाई कहा जाए तो कैसा रहेगा...!"

"...सिर्फ चार फीसदी मुकदमों में ही फैसले हो पाते हैं...!"

सब गड्ड-मड्ड हो रहा था। इस घोर उलझन के बीच उन्हें लगा कि मेज पर बजर बज रहा है। उनका ध्यान तेजी से वर्तमान में लौटा। उन्हें अचानक चाय कुछ अजीब-सी मालूम पड़ी। उन्होंने प्याली के तल में बैठी काली गाद को संदेह से देखा, फिर मुँह बनाते हुए छत पर चिपकी किसी संभावित छिपकली को तलाशा! लबों की चाय पिच्च से प्याली में ही थूक दी और आस्तीन से जुबान पोंछते फोन उठाया।

"सर, नगर सफाई का पहला कैंडिडेट हजूर की पकड़ में है।" दारोगा जी की फड़कती आवाज आई।

"उसे एहतियात से रखो...किसी किस्म की ज्यादती नहीं होनी चाहिए...दोपहर बाद चलेंगे...अपने लल्लू डी.एस.पी. से कुछ कहने की जरूरत नहीं है...!" उन्होंने फोन रख दिया।

सचमुच! ढंग के डी.एस.पी. प्रांत में गिने-चुने ही थे। सिर्फ डी.एस.पी ही क्यों? छोटे-बड़े, कैसे भी अच्छे अफसरों की घनघोर कमी थी. दिलेर, चालाक और छठी इंद्री वाले तो और भी कम। अकेली दिलेरी मेडल तो दिलाती है, पर अधिकतर वह मरणोपरांत किस्सा होता है। हालाँकि चालाकी और छठी इंद्री भी ऐसे में क्या कर लेगी? बाबा आदम के जमाने के शस्त्र, प्राचीन रेडियो सेट्स, पौराणिक वाहन–दूसरी तरफ आधुनिकतम स्वचालित हथियार, तेज रफ्तार गाड़ियाँ, मोबाइल फोन और न जाने क्या-क्या!

जो थोड़े-बहुत अच्छे हथियार थे भी, वे अतिविशिष्टों की सुरक्षा में खपे हुए थे। यही हाल जवानों का था! छह लाख की आबादी को सँभालने के लिए मात्र सत्तर आरक्षी उपस्थिति पर थे। जबकि सांसदों-विधायकों, जज, अफसरों व पहुँच वाले कुछ शहरियों–कुल तीस जनों की खिदमत में सौ से अधिक जवानों की ड्यूटी लगी हुई थी। उन्होंने प्रभार सँभालते ही तमाम विरोधों के बावजूद, पचास को वापस बुला लिया था। उनकी इच्छा हुआ करती थी कि नेताओं से कह दें कि खतरा तुम्हारा ऑक्यूपेशनल हजार्ड है, और तुम्हारा ही बनाया हुआ है। नहीं मोल ले सकते तो राजनीति छोड़ दो। कल को हर जवान अंगरक्षक माँग बैठेगा, तब क्या होगा? पर नेताओं के विशेषाधिकारों को ध्यान कर वे विनोबा की तरह मौन हो जाते थे।

"अब तो लगता है राज्य को ही गुरिल्ला युद्ध की तरकीबें सीखनी पड़ेंगी!" वे बुदबुदाए थे और बत्ती बुझाकर सोने चले गए थे।

रातभर दोनों जिस सुरक्षित घर में नजरबंद रहे, वह बड़े से अहाते वाले मुफस्सिल थाने का गराज था। लफंदर सुबह से बेचैन था। रात नशे की हालत में भी उसने खुद को कुटम्मस के लिए मानसिक रूप से तैयार कर लिया था। किंतु यहाँ दारोगा जी उसे तीन बार चाय पिला चुके थे। गर्मागर्म जलेबी-कचौड़ी का नाश्ता करा चुके थे। दोनों के सोने के लिए अलग-अलग खाट, कंबल की व्यवस्था भी हुई थी और नित्य क्रिया हेतु गंदा ही सही, एक बाथरूम भी उपलब्ध कराया गया था। यह अनहोनी थी! यही कारण था कि वह बिलकुल बेचैन था। लड़की के साथ किसी प्रकार की जुबानी बदसलूकी तक नहीं हुई थी। वह भी परेशान थी।

दोपहर भोजन के वक्त, सोने की अँगूठी के बदले, एक गार्ड से उसे जानकारी मिली कि नए साहब अलग से पूछताछ करना चाहते हैं, उसके बाद ही आगे की कार्रवाई होगी! लफंदर को थोड़ा इत्मीनान हुआ था। कुछ सोचकर, बाथरूम के दरके शीशे में उसने बिखरे बालों को करीने से सँवार लिया था। और एक हद तक शरीफ दिखने लगा था। वह शेव भी करना चाहता था पर कोई साधन नहीं था। उसके गाल खुरदुराने लगे थे।

चार बजे के करीब दोनों को एक काले शीशे वाली वैन में चढ़ाया गया। कुछ राइफलधारी सिपाही पहले से सवार थे। एक सफेदपोश ड्राइवर भी था, जिसने लड़की को चौंककर देखा था फिर गहरी सोच में डूब गया था। वैन चल पड़ी। आगे-आगे एक पुलिसिया जीप उन्हें पायलट कर रही थी।

तंग रास्ते पर लंबा-सा जाम लगा हुआ था। दो सिपाही जीप से कूदकर रास्ता साफ़ कराने लगे। लफंदर ने देखा था—सफेदपोश तनावग्रस्त हो उठा था।

"चूनागली वाली डकैती में और कौन-कौन था तुम्हारे साथ?" दारोगा जी की टनक आवाज ने उसका ध्यान बँटाया। उम्र की इस दहलीज पर उन्हें मधुमेह ने जकड़ लिया था और शाम की लत छूटती नहीं थी, तब भी दारोगा जी दिनभर बड़े चुस्त और फुर्तीले नजर आते थे। उनके चौड़े से चेहरे पर अकसर एक छलती हुई निश्छलता भी छाई रहती थी जिसे चाहने पर वे बेहद क्रूर बना ले सकते थे। इन तमाम विशेषताओं के बल पर उन्होंने अनेक बार बड़े-बड़े अफसरों का विश्वास जीता था।

"काहे बेमतलब फँसा रहे हैं सर! ...हम ट्रैवल एजेंट हैं पटना में..." लफंदर ने यकीन दिलाने वाले अंदाज में कहा।

"और यह तुम्हारी बहन है...क्यों?" दारोगा जी ने व्यंग्य से आगे ज़ोड़ दिया।

"और हम लोग तुम्हारे बाप हैं!" सफेदपोश ने जबरन मुसकराकर बात पूरी की।

"अरे, तुम बीच में ढेर भटर-भटर मत करो।" लफंदर ने ड्राइवर को झड़प दिया।

दारोगा ने उलटकर झन्नाटेदार तमाचा मारा—"बहनचोद...एस.पी. साहब हैं...तमीज से बात कर!"

एस.पी. साहब ने झटके से मुड़कर पिछली सीट पर देखा। शुक्र था कि लफंदर के चेहरे पर कुछ कटा-फटा नहीं था। सिर्फ उसका चीमड़-सा गाल सुर्ख पड़ गया था। हल्की-सी छाप भी उभर आई थी जो घंटे-दो घंटे में उतर जानी थी। पर अब उतनी देर का समय काटना एक तकनीकी मजबूरी बन चुकी थी।

"दोबारा ऐसी हरकत मत करना!" वे दारोगा पर गुर्राए। उसकी मुस्तैदी भरी जहालत पर काफी देर से झुँझलाहट हो रही थी। कमबख्त ने लड़की के बारे में भी पहले नहीं बताया था। उन्होंने फिर से डरी हुई लड़की को गौर से देखा– बीस-बाईस की रही होगी। बड़ी-बड़ी आँखें, मँझोला कातर चेहरा, छोटी-सी नाक, गेहुँआ साँवला रंग, गालों पर मुहासों के हलके निशान...नाजुक से गले पर बासी पाउडर की लकीरें...! ना! इसमें से कुछ भी ऐसा नहीं था जो 'उससे' मिलता-जुलता हो...सिवाय घबराहट के, जो अंतिम बार मिलते वक्त 'उसके' चेहरे पर उतर आई थी! "कुछ नहीं होगा..." चलते वक्त उन्होंने हिम्मत दिलाई थी। पर क्या कुछ नहीं हो गुजरा था।

हालाँकि वह कैसे भी मर सकती थी! लड़कियों के लिए और भी आसान होता है। हादसा तो महज बहाना था। वह भोपाल गैस त्रासदी का शिकार हो जा सकती थी। किसी जलती-भागती रेलगाड़ी की चीखों में बदल जा सकती थी। पगलाई बसों के नीचे कुचली जा सकती थी। किसी ऐंठे हुए मलबे का हिस्सा बन जा सकती थी। किसी सिनेमाहॉल में 'बार्डर' देखते हदों के पार चली जा सकती थी। डेंगू-ड्राप्सी, प्लेग-पीलिया–मरने के हजारों सरकारी कारण थे और आदमी के जान की कीमत पाँच-दस हजार से लेकर दो-चार लाख रुपए तक तय थी! यह लोगों के भाग्य पर रहा है कि वे दस हजार की मौत मरते हैं या दो लाख की!

बहरहाल, उसका भाई भी एक पगला सरदार था। जिसने घूस आदि के खर्चे घटाकर, भारी जहमत के बाद उसकी जान की हिंदुस्तानी कीमत को लगभग दो हजार पाउंड में बदल लिया था। फिर विकसित मुल्कों की महीने भर की न्यूनतम मजदूरी के बराबर की उस रकम को अल्पविकसित मानवों की किसी संस्था को दान देकर साउथहॉल में अपना पंजाबी ढाबा चलाने वापस लौट गया था!

उस वक्त एस.पी. साहब रामजस कॉलेज में पढ़ते थे और मिरांडा हाउस के चक्कर काटते इस फसाने का जन्म हुआ था जो सन् उन्नीस सौ चौरासी के बूचड़खाना-ए-दिल्ली में दफन हो गया था!

...निःसंदेह! लड़की के चेहरे पर छाई घबराहट हूबहू वैसी ही थी। शायद सभी लड़कियों की एक जैसी होती है! ...या क्या पता!...

उन्होंने झटककर इस खौफनाक अनुभूति को दूर धकेला। जो भी हो, उन्हें अपने मिशन को मुकाम तक पहुँचाना था।

अब जाम खुल गया था। गाड़ियाँ लपककर आगे बढ़ीं। बस थोड़ी देर की बात है। भीड़ से निर्विघ्न निकल जाएँ, फिर सब दुरुस्त है।

अचानक उनकी नाभि और कमर के दरमियान एक चिलक-सी उठी। दम रोकते हुए उन्होंने पोजीशन बदली। धीरे-धीरे गहरी साँसें लीं। जैसे आया था, वैसे ही दर्द गायब हो चुका था।

"हम लोग कहाँ जा रहे हैं?" लड़की ने अटकती आवाज में पूछा। लफंदर भ्रमित-सा दिख रहा था।

"तेरे भाई के ठिकाने पता लगाने...ले ले, तनी सट के चुम्मा ले ले अपने भइया को...!" दारोगा ने उसे टहोका मारते हुए चिढ़ाया था जिस पर एस.पी. साहब ने उन्हें इतनी गंदी और कमीनी नजरों से ताका कि वे सहम गए थे और तत्काल कन्फ्यूज्ड हो गए थे।

गड्ढे भरी सड़कें, रंग-बदरंग वाहन, साइकिल, रिक्शे, ठेले, स्कूटर, बैलगाड़ियाँ, कारें, बसें, ट्रक और प्यादे—अलग-अलग गतियों और आकारों ने यातायात को बदहाल कर डाला था। गाड़ियाँ एक बार फिर भीड़ की गिरफ्त से जूझ रही थीं।

"पिस्तौल कहाँ से आया तेरे पास?" इस बार उन्होंने खुद उसे बातों में बझाया। कहीं कोई चालाकी न कर बैठे। मजमा लगने में देर ही कितनी लगती है? हालाँकि उसने सूरत बड़ी मासूम बना रखी थी और बिलकुल शांत बैठा हुआ था किंतु ऐसे लोगों का कोई भरोसा नहीं। एस.पी. साहब की तजुर्बेकार निगाहों ने उसके हाथों का मुआयना किया था। गठे मजबूत बेरहम हाथ। मोटी भोथरी उँगलियाँ, गहराई तक तराशे हुए नाखून। उनकी नजर अपनी उँगलियों पर पड़ी थी। उनके नाखून कई दिनों से काटने लायक हो चुके थे। उन्हें कुढ़न-सी हुई पर कोई ध्यान दिलाने वाला भी तो न था। बीवी-बच्चों को उन्होंने माँ-बाप के पास छोड़ रखा था। औचक तबादलों से सब तंग आ चुके थे।

"दोस्त का है...लॉ एंड ऑर्डर की हालत देखकर रखना ही पड़ता है।" लफंदर भोलेपन से बोला और एस.पी. साहब बेसाख्ता ठहाका मारकर हँस पड़े थे।

"और इसे कहाँ से उठा लाया?"

"बहन है...!" अबकी लफंदर ने बुझी-बेदम आवाज में कहा।

"इसके बैग से निरोध निकला था सर! दारोगा जी ऐसे बोले थे मानो आर.डी.एक्स. का पैकेट निकला हो।"

गाड़ियाँ अब शहर से बाहर निकल गई थीं। एक मुनासिब जगह पर वैन रोककर उन्होंने स्टीयरिंग की जिम्मेदारी दारोगा को सौंप दी और खुद बगल में बैठ गए।

रास्ते के किनारे छोटी-छोटी पहाड़ियाँ बिखरी पड़ी थीं। शीशम, इमली, नीम, चकुंधी, बरगद, पीपल व ताड़ आदि के पेड़, किस्म-किस्म की झाड़ियाँ

और मुरझाई-सी घास। जगह-जगह अवैध खननकारियों ने पहाड़ियों में बड़े-बड़े घाव लगा दिए थे जिनसे काली सूखी चट्टानें झाँक रही थीं, और जिन पर शायद लाखों वर्षों तक हरीतिमा नहीं उतर पाएगी। कुछ घायल शुष्क हिस्से! जैसे हर आदमी के भीतर होते हैं, जैसे एस.पी. साहब के भीतर थे, जैसे लड़की के भीतर थे...कुछ पता नहीं—पर शायद दारोगा या लफंदर के भीतर भी रहे होंगे!

एस.पी. साहब ने भागती पहाड़ियों को स्कैन किया। अंत में जैसी जगह वे चाहते थे, उन्हें दिख गई। सुनसान! दोनों तरफ पोजीशन लेने की गुंजाइश। एक बंद क्वैरी, किनारे पर जंग खाता क्रशर, एक गहरा अर्धचंद्राकार घाव। जिसमें वे कुछ और घाव लगाना चाहते थे। उन्होंने जगह को दिमाग में नोट किया। वैन अपनी गति से भागी चली जा रही थी।

उसके गाल पर पड़ी छाप हलकी पड़ने लगी थी। रंगत भी वापस लौट रही थी। जरा-सी देर में सब कुछ सामान्य हो जाएगा।

लफंदर ने महसूस किया था कि भीड़ देखते ही वे उसे बातों में उलझाते थे और भीड़ से निकलते ही खामोशी छा जाती थी। अब काफी देर से कोई कुछ नहीं बोल रहा था। मानो सब कुछ पूर्व नियोजित हो...इस नए एस.पी. के बारे में कहीं कुछ सुना तो थाऽऽऽ!...

किसी और जगह, किसी और वक्त, ऐसी ही किसी सूनसान जगह से वह राह निकली थी जिस पर आज उनकी काले शीशे वाली वैन फिर से दौड़ रही थी। वे कब खुदाई फौजदार में बदल गए थे, उन्हें दिन याद नहीं। कुछ वैसी ही अवस्था रही होगी जिसमें पड़कर क्लिंटन ने इराक पर मिसाइलें दगवाई थीं, शहडोल के एक शिक्षक ने पाँच बरस के बच्चे को पीट-पीटकर मार डाला था, पुलिस-प्रशासन ने मिलकर भागलपुर के थानों में दर्जनों आँखों पर तेजाबी सुरमई फेर दी थी या फिर यू.पी. के एक मुख्यमंत्री ने हजारों ऐसी ही मुठभेड़ें करा डाली थीं!

असफलताओं, हताशाओं और निजी त्रासदियों से जन्मी-चिढ़चिढ़ाहट, जनून और पागलपन की अवस्था!

पर उन्होंने तो वाकई एक असाध्य रोग का सफाया किया था! जिस पर उन्हें उच्चाधिकारियों की शाबाशी के अलावा शहरियों की दुआएँ भी मिली थीं... मानवाधिकार आयोग से एक सम्मन भी मिला था! आखिर मुठभेड़ में मरने वाले के बदन पर इतने सारे नीले-काले दाग किस तरह बने थे? और उसकी कलाइयों में रस्सियों के गहरे निशान किस तरह कटे थे?

उसे पकड़ने में उन्होंने जान लड़ा दी थी...उससे काफी कुछ पूछना चाहा था–अपराध और अपराधियों के बारे में। तब उन्हें सर्विस में आए ज्यादा वक्त नहीं हुआ था। वे सचमुच सीखना चाहते थे...समझना चाहते थे। पर पहला सवाल दागते ही उनकी धार्मिक आस्था को गहरी ठेस लगी थी...

महिमामंडन करने वालों ने जो भी लिख मारा हो, किंतु एस.पी. साहब को यह बोध बखूबी हो गया था कि मरते-कराहते रावण से यदि राम ने वाकई नीति आदि का ज्ञान सीखने की मंशा प्रकट की होगी तो रावण ने उन्हें इस इच्छा को कहाँ घुसाकर रख लेने की सलाह दी होगी अथवा खुद के साथ क्या-क्या कर डालने को कहा होगा–इस विषय पर उनके ज्ञान-चक्षु खुल गए थे।

पहली गोली से वह नहीं मरा था। दूसरी, तीसरी या चौथी से भी नहीं। वह उसके बाद भी काफी देर तक छटपटाता रहा था। एस.पी. साहब के लिए वह सबसे लंबा और दूसरा कठिन वक्त रहा था। अंत में उनके डी.एस.पी. ने एक गोली उसकी खोपड़ी में उतार दी थी तब कहीं जाकर वह शांत हुआ। हालाँकि उसके हाथ-पैर तब भी कई मिनटों तक जुंबिश खाते रहे थे।

उन्होंने उस सोलह अक्टूबर के निश्चित वक्त, खुद को मानवाधिकार आयोग के रजिस्ट्रार के समक्ष उपस्थित किया था। पटेल भवन की दूसरी मंजिल तक पहुँचते-पहुँचते वह कुछ नर्वस हो चले थे। किंतु रजिस्ट्रार बहुत सलीके से पेश आया था। उसने कॉफी पिलाई। उनकी फाइल मँगवाई। फिर उन्हें एक बड़े से कक्ष में ले गया। कुछ देर बाद वैसी ही फाइलों समेत कार्यकारी अध्यक्ष के साथ छह लोग वहाँ आए। जिनमें दो सेवानिवृत्त न्यायाधीशों के अलावा दो अवकाश प्राप्त भारतीय प्रशासनिक अधिकारी भी थे। और जिनसे न जाने क्यों, उन्हें रह-रहकर 'ईगो-क्लैश' हो रहा था। शायद दस अंकों का अंतर रह गया था, वरना वे भी इधर खड़े होने की बजाय उधर के समाज का हिस्सा होते–और सिपाही, दारोगाओं से लेकर डी.जी.पी. तक की सम्मिलित कमाई के बराबर की रकमों का एक-एक हस्ताक्षर पर वारा-न्यारा करने की हैसियत रखते। उन्हें पता था कि पुलिस की चोरी से कहीं ज्यादा उसका उजड्ड, उद्दंड और बेहूदा व्यवहार उसे दुर्नाम बनाता है।

खैर, कुछ सदस्य शालीन रहे, कुछ ने गहराई तक छीला। अंत में अपनी लिखित सफाई निश्चित दिवस तक भेज देने के निर्देश के साथ उन्हें छुटकारा मिला। वे काफी परेशान रहे...फिर किसी ने उन्हें एक अन्य अवकाश प्राप्त न्यायाधीश का नाम बताया जो मानवाधिकार आयोग के किसी खास का खासमखास था। उसने 'योर ऑनर' और 'माई हंबल सबमिशन' जैसे जुमलों से

भरा नोट लिखवाया, पंद्रह हजार की दक्षिणा ली और उन्हें शुभकामनाओं सहित अलविदा कहा। वह दिन था और आज का दिन, एस.पी. साहब को मानवाधिकार आयोग की तरफ से इस संबंध में फिर कोई पत्र नहीं मिला।

दूसरी मुठभेड़ में उन्हें गैलेंट्री मेडल भी प्रदान किया गया था। इस बार उन्होंने इस बात का ख्याल रखा था कि चेहरे या बदन पर दाग न बनें और कलाइयों को रस्सी की बजाय किसी और मुलायम तरीके से बाँधा जाए। धीरे-धीरे वह इस फन के उस्ताद हो चले थे। और धीरे ही धीरे सत्तापक्ष के गुंडों के साथ नरमी बरतने की सख़्त हिदायतें व विपक्ष के गुंडों के सफाए के गुपचुप आदेश भी उन्हें लगातार मिलने लगे थे। जिसकी वजह से प्रभावित लोगों ने जब-तब उन्हें 'हरामी' और 'पागल कुत्ता' तक कहा था, पर शहर का रुख देख सब मन मसोसकर रह जाते थे। यूँ हर जगह उन्होंने सत्ता पक्ष के कुछ गुंडों को भी इस सफाई से ऊपर पहुँचाया था कि देखने वालों को वह गैंगवार का नतीजा-सा प्रतीत हुआ था। मगर ऐसी हरेक बार उनका तबादला किसी निहायत घटिया-सी जगह पर हो जाता था, जिसे माइंड न करने की उन्होंने आदत डाल ली थी–किंतु इससे उनकी विश्वसनीयता संदिग्ध हो चुकी थी और हिंसक जानवर पालने वाले खास बड़े नेताओं ने उन्हें कभी पालतू बनाने में रुचि नहीं दिखाई। बहरहाल यह सब अपनी गति से चल रहा था कि एक दिन 'धवन कांड' घट गया जिसने उन्हें बुरी तरह हिला दिया। कुछ वक्त के लिए वे सकते में आ गए थे। इस रास्ते का एक मुकाम यह भी हो सकता है? ...यह तो उन्होंने सोचा भी न था!

बनारस से साड़ियाँ खरीदकर लौटते, रांची के एक कपड़ा व्यवसायी को जी.टी. रोड के नाके पर पुलिस पार्टी ने लूटने का प्रयास किया। विरोध करने पर उसे गोली मार दी और उसके गिड़गिड़ाते ड्राइवर व कर्मचारियों को भी एक-एक करके उड़ा दिया! फिर उन्हें 'अज्ञात-कुख्यात' अपराधी बताते हुए खुद को शौर्य पुरस्कार के लिए प्रस्तुत भी कर डाला था।

जब असलियत खुली तो मामला बिगड़ गया। डिपार्टमेंट की जमकर मलामत हुई। निचली अदालत से उच्च न्यायालय तक फाँसी की सजा बरकरार रही। किंतु न जाने क्यों उच्चतम न्यायालय ने उसे उम्रकैद में बदलकर न्यायिक सक्रियता की पोलपट्टी खोल दी और अपनी पट्टी बँधी आँखों का सबूत भी दे डाला था।

एक बार को उन्हें लगा था कि खुली बाजार-व्यवस्था में बजाय मोटर गाड़ियों, पतलूनों और कोला के हमें पहले न्यायिक तंत्र व जजों के पैकेज को ही आयात

करना चाहिए था। किंतु यही बात जूतम-पैजार करती विधायिका और फिर सड़ चले पुलिस-प्रशासन के लिए भी मुकम्मल तौर पर कही जा सकती थी, अतः वे खामोश रहे।

उस वक्त वे राजधानी में ही थे। उन्होंने यह भी देखा था कि किस तरह डिपार्टमेंट ने उन अपराधी पुलिसियों को बचाने के लिए हदें तोड़ी थीं! ऑफिसर्स क्लब में उन्होंने अपनी जहर बुझी प्रतिक्रिया व्यक्त कर दी थी। वरिष्ठ अधिकारियों ने उन्हें घोर अविश्वास से देखा था–"...कल को तुम्हें कौन बचाएगा?" वे बोले थे। एस.पी. साहब सोच में पड़ गए थे। बाद में उन्होंने लगातार प्रयास करके खुद को समझा लिया था कि 'एक विराट सिस्टम की खामियाँ भी विराट होती हैं।'...और..."कि यह उस काल की विडंबना है, जिसमें हम जीते हैं!" बस्स! उसके बाद वह आहिस्ता-आहिस्ता फिर से शुरू हो गए थे!

उन्हें फिर पेट में जकड़न-सी महसूस हुई। "कहीं रात वाली चाय की वजह से तो नहीं!" उन्होंने संदेह से सोचा। जरा-सी देर में जकड़न मद्धिम से दर्द में बदल गई... "शायद गैस ट्रैप्ड हो गई है!" उन्होंने बदन को टेढ़ा-मेढ़ा किया। एक जलती-छेदती-सी तरंग पसलियों तक फैल गई। बड़ी मुश्किल से वे अपनी 'हूक' को रोक पाए। उन्हें आभास हुआ कि उनका रक्तचाप तेजी से ऊपर चला जा रहा है और माथे पर ठंडा-सा पसीना उतर आया है। वे शिथिल होकर रिलेक्स होने का प्रयास करने लगे।

शाम के साथ-साथ मच्छरों का हमला भी आरंभ हो गया था। एक तो 'पिन्नऽऽऽ...' से दारोगा जी के कान में भी जा घुसा था। "अब जल्दी किया जाए सर!" वे व्याकुल हो उठे थे।

गाड़ियाँ घूमती-फिरती उसी वीरान क्वैरी के पास आकर ठहर गई थीं। "अब से कोई गलत काम नहीं होगा...यह लाइन छोड़ देंगे..." लफंदर अचानक बोल पड़ा। सबने उसे गौर से देखा था।

"पाँच लाख! ...पाँच लाख दे सकते हैं...चाहें तो आप इसे भी ले जा सकते हैं...!" लड़की की ओर इशारा करते हुए उसने ऐसे कहा मानो अभी भी उसका अधिकार बचा हो! दारोगा जी हलके से हँस दिए। एस.पी. साहब दर्द पर काबू पाने की जी-तोड़ कोशिश कर रहे थे। उनका चेहरा लाल हो गया था।

"मेरा क्या होगा?" लड़की ने भरभराते हुए पूछा था। लोग चुप रहे।

"मूर्ख...हरामजादी! ...गवाह को भी कोई छोड़ता है क्या?" लफंदर फुफकारा–"ऐ साहब...तसल्ली के लिए दोनों हाथ काट लीजिए...विश्वास

मानिए, अब कभी गलत काम नहीं होगा।" वह गिड़गिड़ाकर बोला। लोग फिर भी चुप रहे।

एक के बाद एक, वह सब कुछ त्यागता चला गया। गुनाहों की जिंदगी, पैसा, लड़की, हाथ, पैर, आँखें...फिर धीरे-धीरे उसने उम्मीद भी त्याग दी। अब वह जोरों से ईश्वर को याद करने लगा था।...या भगवान्, हे भगवान्, या भगवान्!

"हो सके तो एक निप पिला दीजिए...बड़ी घबराहट हो रही है...जाड़ा लग रहा है!" उसने बीच में कहा।

एस.पी. साहब के इशारे पर दारोगा ने बोतल उसे दे दी। उसने किसी तरह दो-तीन घूँट हलक के नीचे उतारे, फिर 'ओक-ओक' कर उलटी कर दी। दारोगा ने उसे घिनघिनाकर देखा था। "खतम किया जाए सर!" वे विचलित होकर बोले थे।

उसका मुँह धुलाकर पुरानी बनियान से उसके हाथ बाँध दिए गए। आँखों पर पट्टी भी! मुलायम कपड़े से किसी तरह के निशान पड़ने का अंदेशा नहीं था।

लफंदर ने तमाम गुनाहों को बारी-बारी से याद किया था...हत्याएँ जो निर्ममता से उसने की थीं! ...एक फिरौती में देर होने पर उसने आठ बरस के बच्चे को गले में रस्सी कसकर मारा था! उसकी उबलकर निकलती मासूम आँखें आज उसके सामने नाचने लगी थीं... 'या भगवान्... हे भगवान्!'

जब लड़की को बाँधने लगे तब उसने इतना ही पूछा था–"गोली लगने पर बहुत दुखता होगा क्या?" सिपाही मुँह फेरकर दूसरी दिशा में ताकने लगा था।

दारोगा जी ने नाइन एम.एम. के जर्मन पिस्तौल को 'चैक' किया जिससे बाद में उन्हें सरकारी गाड़ियों पर मुठभेड़ के निशान बनाने थे। आठ गोलियों की क्लिप पूरी भरी हुई थी। वे साहब की ओर मुखातिब हुए। एस.पी. साहब वैन से उतरे। उनका दर्द अब बर्दाश्त के बाहर हो चला था। जकड़ता, घोंपता, घूमता दर्द! उनकी कनपटी की नसें जोरों से फड़क रही थीं। मन उचट रहा था। वे ठीक से फोकस भी नहीं कर पा रहे थे। "आखिर क्यों कर रहे हैं यह सब? ...किसके लिए?" उन्होंने साहस बटोरकर अपने असहनीय दर्द के बीच उस छियानवे प्रतिशत आवाम को फिर से टटोला जिसके लिए न्याय की प्रक्रिया तक अवरुद्ध थी। उन्हें हठात् लगा कि उसमें वे तमाम लोग भी शामिल होंगे जो बीवियों को पीटते थे, नौकरों पर जुल्म ढाते थे, बच्चियों को नमक चटाते थे, बहुओं को जलाते थे–जो तमाशाई भीड़ में बदल जाते थे, झटपट दंगों में शामिल हो जाते थे...जो सड़क पर गिरे नोट को चुपके से उठा लेते थे...किसी के फिसल जाने पर ठहाके लगाते थे...जो मिलावट करते थे छोटी-बड़ी चोरियाँ, कामचोरियाँ, बेईमानियाँ,

बदमाशियाँ...लोग–जो रोज ढहते थे और रोज ढहाते थे!! और ऐसे तमाम लोगों की सुरक्षा का बीड़ा उन्होंने उठा रखा था! उन्हें दोतरफा खीज हुई!

"खड़ा कर दो साले को बीच में!" वे चिढ़कर बोले।

दोनों को क्वैरी के बीचों-बीच खड़ा कर दिया गया. लफंदर का चेहरा ढक-सा गया था, पर लड़की की एकटक निगाहें एस.पी. साहब को बेतरह परेशान कर रही थीं। आज तक उन्होंने किसी लड़की को नहीं मारा था–वह भी बेकसूर। मगर लफंदर को छोड़ा नहीं जा सकता, और चश्मदीद गवाह को तो बिलकुल भी नहीं..."रंडी है साली!" उन्होंने खुद को समझाया... "पर इसकी भी आँखें बाँध देनी चाहिए थीं।" उन्होंने सोचा था।

आसमान तेजी से गहराता जा रहा था. सिपाही जगह थामकर खड़े हो गए थे। दारोगा जी आदेश का इंतजार कर रहे थे। लफंदर लगातार ईश्वर को याद कर रहा था। लड़की बुत की तरह जम गई थी। और तीखा, काटता, घोंपता दर्द एस.पी. साहब के भीतर ढूक मार रहा था–ढिप-ढिप-ढिप-ढिप!!!

आइए, इस मुकाम पर एक छोटा-सा ब्रेक लें और इन सारी स्थितियों को नजदीक से देखने के बाद जल्दी से तय करें कि लफंदर को ऐसे ही मार डाला जाए? ...कि मुंसिफों को एक मौका और दिया जाए? ...या फिर क्या किया जाए? अन्यथा थोड़ी देर में दर्द से बेहाल एस.पी. साहब जमीन पर पसर जा सकते हैं। और तब उन्हें लाद-पादकर हॉस्पिटल पहुँचाना पड़ेगा।

अगर सब कुछ जानते-समझते हुए भी हम कोई फैसला नहीं ले पाते तो यकीन मानिए हमारे धड़ के टुकड़े-टुकड़े हो जाएँगे...हालाँकि वह तो वैसे भी होने हैं। लफंदर छूट गया तो उसके हाथों...नहीं तो किसी नाके, किसी चौक पर पुलिस की मार से...या किसी सांसद, किसी विधायक के वार से...अन्यथा न्यायपालिका या अफसरशाही की कटार से...या फिर आपसी-सिरफुटौवल में अपने ही हाथों।

यों कुछ ज्यादा काबिल लोग यह प्रतिप्रश्न भी दाग सकते हैं कि चोट खाए, निजी त्रासदियों से प्रभावित और प्रतिक्रियावादी व्यक्तियों को एस.पी. जैसे अथवा उससे भी महत्त्वपूर्ण पदों पर बनाए रखने का औचित्य क्या है? ...तो पूछने के लिए जनाब कुछ भी पूछा जा सकता है, पर जरूरी नहीं कि हर सवाल का पका-पकाया जवाब आसानी से मिल ही जाए!

बहरहाल, लफंदर का क्या होगा? यह तो अभी तक नहीं पता! पर एस.पी. साहब ने भारी जोखिम मोल लेते हुए भी उस लड़की को छोड़ दिया था। जिसके लिए उन्हें यहाँ उनके दूसरे और पहले सच्चे गैलेंट्री मेडल से नवाजा जाता है!

डूबती-सी आवाज में उन्होंने दो सिपाहियों को उसे एहतियात से ट्रेन पकड़वा आने की हिदायत दी थी। लड़की ने न धन्यवाद दिया था, न वह रोई थी। बस फटी-सूनी अविश्वासी नजरों से उन्हें घूरती रही। उसके होंठ धीरे से काँपे थे... "खुद चली जाऊँगी।" वह थरथराती आवाज में बोली थी। एक बार को उसने स्याह आसमान में ताका था। मानो अपने ईश्वर को हिफाजत से सहेज-समेट रही हो। फिर आशंकित कदमों से शहर की ओर बढ़ते हुए वह कब सचमुच कहकशां में बदल गई थी, नहीं पता! पर हलफनामे के साथ कहा जा सकता है कि दर्द से शून्य में उतरते हुए एस.पी. साहब को सफेद चमकती साड़ी में लिपटी लड़की आखिरी मर्तबा उसी तरह दिखाई पड़ी थी।

['हंस' अप्रैल, 1999]

मुलाकात

वह पेड़ों के आखिरी पड़ाव पर दिखा था। झुरमुट की ओट में छिपा हुआ। उसके कच्चे-पके बिखरे बालों और बेढंगे हुलिए के बावजूद मैंने उसे देखते ही पहचान लिया था...मानो मैं पहले से जान रहा था कि वह मुझे वहीं मिलेगा—पेड़ों के आखिरी पड़ाव पर! ...मुझे ताज्जुब हुआ था।

आगे रेगिस्तान-सा गहन एकाकीपन फैला पड़ा था। मुझे तो यह भी पता था कि वह मेरे भीतर से ही निकलकर चारों ओर पसर रहा है। रात गहरी थी, किंतु पतला सीधा सुनसान रास्ता चाँदनी-सा जगमगा रहा था! ...नीचे से छिटकती पारदर्शी, परावर्ती, नीली आभा में हम नितांत अवास्तविक लग रहे होंगे। मैंने उत्सुकतावश रास्ते को आहिस्ता से छुआ...मेरी उँगलियाँ भी दमकने लगी थीं।

आदतन जेब के भीतर रगड़कर हाथ साफ कर लिया और उँगलियों को सूँघा। पुराने सिक्के, सूखे-तंबाकू, पसीने, धुएँ, सीले कागज और बार-बार पोंछे गए बासी तेल-मसालों की मिली-जुली खट्टी-सी बास आई..."खुदा का शुक्र है। हम जेबों के भीतर नहीं रहते...!" मैं बड़बड़ाया था और झिझकता हुआ उसके पास जाकर खड़ा हो गया।

"पहचाना?" कुछ देर संकोच में पड़े रहने के बाद मैंने पूछ लिया। मुझे यह अहसास भी था कि हमारे पास असीमित समय नहीं है!

आँखों की टकराहट के पल से ही उसकी आँखों में भी पहचान के चिह्न मौजूद थे—मगर वह अनजान बना घूरता रहा। एकबारगी घबराहट हुई थी...एकांत में...इस तरह छिपकर खड़े रहना!! ...आखिर क्यों खड़ा है? घात-प्रतिघात! ...इसकी मंशा क्या है?

तब वह हमारी जेबों में रहा करता था। ...तीखी गंधों के बीच! हम हमउम्र थे। बारह-चौदह बरस के। हम लोग आधुनिक, उदारवादी, क्रांतिकारी...और न

जाने क्या-क्या थे!...खाते-पीते लोग! चे गेवारा, चारू मजूमदार से लेकर श्रीकृष्ण-श्रीराम तक और प्लेटो, देकार्त, कार्ल मार्क्स से लेकर एडम स्मिथ और केंस तक सब हमारे घर की चर्चा में पटखनियाँ खाते, हारते-जीतते अथवा आहत होते थे। अकसर गांधी, नेहरू, सुभाष, जयप्रकाश आदि को घोर लज्जा अथवा भक्तोचित सम्मान से सामना करना पड़ता था और मानो टालस्टॉय से लेकर प्रेमचंद तक की आत्माएँ हमारी टीका के तसव्वुर में समूचे घर में करवटें बदलती रहती थीं!!

कुछ अलग-सी दुनिया के दो प्राणी और थे। एक मँझले चचाजान! ...अगर खुदा उनकी रजा लेता तो वे पृथ्वीराज चौहान अथवा महाराणा प्रताप जैसा कुछ बनना पसंद करते। किंतु मन मारकर शहर के आबदार रंगदारों में अपनी गिनती पर ही उन्हें संतोष करना पड़ा था। लोगों को...खासकर बच्चों को उनसे बड़ा खौफ हुआ करता था। दूसरे सज्जन शांतिलाल मेरे पिता के अति-धनाढ्य मित्र के छोटे साले थे। किसी आर्थिक उद्यम की संभावनाएँ परखते कई महीनों तक हमारे शहर, हमारे घर के बाहरी कमरे पर काबिज रहे। विस्मयकारी, गूढ़, किंतु प्रतिबंधित विषय 'सेक्स' में आपकी गहरी अभिरुचि और छिछली जानकारी थी और उत्तर-पूर्वी प्रांत के किसी चायबागान में हासिल किए गए वर्जित अनुभवों की उनकी दबी जुबान दास्तान, उनके और चचाजान के बीच की दोस्ती का पुल थी और मेरी वय-संधि की उत्प्रेरक!

उदारवादी प्रतीत होने के लिए आवश्यक है कि बराबरी पर दिखते संवाद अवश्य स्थापित हों। यदा-कदा सहानुभूति भी बिखेरी जा सके तो और भी अच्छा है। मैं 'उससे' खूब बतियाता था। 'वह' मुझे भूत-प्रेत, झाड़फूँक की मनगढ़ंत कहानियाँ सुनाया करता था, जिस पर मैं हँसा करता था। तब वह भी साँवले, दमकते चेहरे के बीच से लौकी के बीज सरीखे बड़े-बड़े दाँत चमकाने लगता था मानो उसकी चोरी पकड़ी गई हो। बैडमिंटन की दूर जा गिरी चिड़िया उठाने तक या बाउंड्री से बाहर भागती गेंद पकड़ लाने तक वह हमारे खेल का हिस्सा भी हुआ करता था।

क्रांतिकारी होने के नाते हमें उसकी जाति पर भी कोई आपत्ति नहीं थी।

उसका बाप गँवई फौजदारी के मुआमले में लंबी सजा काट रहा था। माँ खेत मजूरन थी और वह यदा-कदा बख्शीश में मिले पैसों से रंग-बिरंगी लॉटरियों के टिकट खरीदा करता था, जिस पर उसे जोरदार लताड़ पड़ती थी।

"अबे सेठ! ...क्या करोगे इतने रोकड़ों का?" मैं क्रूरता से तंज करता...थोड़ी ईर्ष्या के साथ! क्या पता सचमुच ही लॉटरी लग जाए साले की!

"खेत छुड़ाएँगे...!" वह रेहन चढ़े डेढ़ बीघों की कहानी दोहराता। उसकी आँखों में उम्मीद ऐसी तेज...ऐसी तेज चमकती थी कि मुझे घबराहट होती थी।

उन्हीं दिनों एक दिन से शहर करवट लेने लगा। कुछ लोग जोशीले नारों में बदल गए तो कुछ जगमगाते मशाल जुलूसों में! थोड़े-बहुत लोग ठंडी-पथराई लाशों में भी! बाकी लोग जो थे, सुरक्षित दूरी से सिर्फ दूसरों के बदलने का इंतजार कर रहे थे! संपूर्ण-क्रांति सड़कों पर थी—ऐसा लोगों का विश्वास था! और हम कतई-कतई उन लोगों में से नहीं थे जो बस हाशिए पर पड़े थे—तुमुल हंगामों के बीचों-बीच कहीं हम भी खड़े थे! ...अकस्मात् तुकबंदी के लिए शहीदों से क्षमा चाहूँगा!

बहरहाल, हम सरकार का ध्यान आकृष्ट करने में सफल रहे—सरकारी ठीकों पर आश्रित हमारी आर्थिक हैसियत तेजी से सिकुड़ने लगी! हमें परवाह नहीं थी। हम इसमें शहादतनुमा गर्व महसूस करते थे— फ्रांसीसी क्रांति जैसा कुछ! हमारे यहाँ आंदोलनकारियों का जमघट पूर्ववत् लगता रहा। हाँ, अब छोटी-छोटी बातों...छोटे-छोटे खर्चों पर बुजुर्गों के मिजाज बड़ी तेजी से लहकने लगे थे।

हालाँकि हो सकता है कि मैं आगे की घटनाओं पर--बेअसर, कमजोर-सी ही सही, एक सफाई पेश करने के इरादे से ही यह सब कह रहा होऊँ!

उस दिन बारिश थमने का नाम नहीं ले रही थी। उस दिन के जैसी बारिश मैंने फिर कभी नहीं देखी। बड़े से बवंडर की शुरुआत थी। पिता शहर से बाहर गए हुए थे। शांतिलाल तीन बजे के करीब कहीं से लौटे। जरा सी देर में बदहवास, कमरे से निकले और चीखते-चिल्लाते उन्होंने सूचित किया कि उनके सूटकेस से पाँच सौ रुपए गायब हो गए हैं. सब सन्नाटे में आ गए, जब तक लोग सँभलते वह अपने बहनोई उर्फ मेरे पिता के मित्र को लाइटनिंग काल घुमाकर सूचित कर चुके थे—इस शिकायत के साथ मानो हम ही इसके जिम्मेदार हैं। विश्वास कीजिए, अपने जीवन में इतना अश्लील इंसान मुझे फिर कभी नहीं मिला।

चचाजान खून के घूँट पी रहे थे। माँ स्तब्ध और लज्जित थीं, फिर उनके पास तुरंत भरपाई के लिए पाँच सौ रुपए भी तो नहीं थे।

हाँ, ऐसे में मैंने ही उसका नाम सुझाया था। उसकी आँखों में उम्मीद की चमक मुझे बेतरह परेशान किया करती थी!

एक थकी दोपहर के बाद वह गोशाला के टप्पर के नीचे बारिश में तेजी से पिघलते गोबर के ढेर को देख रहा था। उसका खेल रहा होगा। मैंने उसे आवाज दी थी।

“इतना पानी मैं कैसे आवें?” उसने चिढ़कर जवाब दिया। यह उसका विश्वास था।

मैंने उसे डाँटकर बुलाया। शायद दो सेकेंड का फासला था, पर उतने में ही वह इस कदर भीग चुका था कि नन्ही-नन्ही हजार नदियाँ उसमें से फूटकर बहने लगी थीं।

मुझे पूरा यकीन था कि चचाजान की एक घुड़की असलियत के साथ रुपयों को भी आनन-फानन में उगलवा देगी।

अपनी नन्ही नदियों-सी तरलता से उसने चोरी से इनकार किया था।

तमाचे हमने भी खाए थे, पर उसके चेहरे पर जो पड़ा था, उसकी आवाज अलग थी। बेरहम...ठंडी...संबंधों से परे! चाचा के हाथ की मोटी उँगलियों, सख्त चमड़े अथवा उनकी भद्दी-सी लोहे की अँगूठी ने मुलायम खाल पर अपनी जगह खराश ली थी। उसके भीगे, थरथराते जिस्म के रोएँ-रोएँ में खौफ तैरने लगा था और झिलमिलाती आँखों में तिरस्कार!

चाचा ने माँ को हड़काकर अंदर जाने को कहा—वह घबराई-सी चली गईं, फिर उन्होंने मुझसे आलपिन मँगवाई थी। मैं दौड़कर लाया था। मेरे लिए वह एक ऐसी नन्ही-सी कुंजी जान पड़ती थी जो उसकी जुबान का ताला झटपट खोल देगी। फिर उन्होंने उसे ही रस्सी लाने का हुक्म सुनाया।

वह भारी कदमों से गया था, गोशाला में, टीन के कनस्तरों के पीछे, कोनों में, इधर-उधर परेशान-सा रस्सी खोजता रहा...मैं उसकी पीठ पर खड़ा था...

सामने के बरामदे में चचा ने रस्सी को बँटना शुरू किया। मेरे लिए रहस्यमय चीजें तेजी से घटित हो रही थीं। शांतिलाल पूरी कार्रवाई को ईश्वरीय निर्लिप्तता से देख रहे थे और उनके चेहरे पर एक गहरी संतुष्टि छा गई थी। जरा-सी देर में रस्सियों का सोंटा तैयार हो गया।

सोंटे के पहले प्रहार के साथ उसकी पीठ से ‘सटाक’ जैसी जो आवाज निकली थी, उसकी चीख में मिल जाने के बाद दुनिया के किसी भी अक्षर, किसी भी अल्फाज में सही-सही नहीं उतारी जा सकती। वह फिर भी इनकार करता रहा...समझाते हुए...कभी गिड़गिड़ाते हुए...कुछ शंकाएँ मन में उठने लगी थीं। धीरे-धीरे आगे की भयावहता का सही स्वरूप भी मेरे आगे खुलने लगा था और धीरे ही धीरे मेरे हाथ, पैर, जुबान सब जमने लगे थे। रोकने-टोकने का तो सवाल ही नहीं उठता था, खौफ ने मुझे इस कदर जकड़ लिया था कि वहाँ से हट जाने तक की हिम्मत मुझमें नहीं बची थी। पर यह तो मैं पहले से

जानता था...नहीं क्या? अगर नहीं, तो ध्वंस की शुरुआत करने से पहले बेशक मुझे जान लेना चाहिए था।

सोंटे के बाद आलपिन!...उनके कुशल हाथों में आलपिन अपना काम तेजी से कर रही थी। हालाँकि उन्होंने पिन को इस तरह पकड़ रखा था कि चुभे, पर गहरे घाव न बनें! फिर भी उसकी बाँहों पर कुछ सुर्ख बूँदें उभर आई थीं!

...फिर रस्सियों का सोंटा...फिर आलपिन...और दबी हुई चीखें!! प्रताड़ना की लहरों के बीच वह खामोशी से रोता था। मेरी तरफ ताकता था...मैं नजरें चुराने लगा था। वह सबकी ओर देखता रहा—धीरे-धीरे उसकी आँखों में पहचान के कोई भी चिह्न शेष नहीं बचे...सारी नदियाँ सूख गईं। फिर वह बिलकुल शांत हो गया। दूसरी दुनिया का प्राणी हैवानों के बीच! लगभग घंटे भर तक चलता रहा था यह।

कैसे तो माँ ने बड़ा-सा साहस और जरा-सी इंसानियत दिखाई थी! उन्होंने आकर चाचा और उनके बहाने शांतिलाल को धमकी दे डाली थी कि अब अगर यह सब नहीं रुका तो वह जहर खा लेंगी! शांतिलाल उदास हो गए थे।

मर चुकी आँखों से उसने माँ को देखा था। फिर अपनी बाँहों पर छलक आई रक्त-बूँदों को उसने उसी कमीज में पोंछ लिया था—जिसमें वे तमाम गंधें बसा करती थीं—जैसी हमारी जेबों में रहा करती थीं!!

उसके बाद वह चला गया था...घायल...अकेला...अपने नन्हे-दिशाहीन काँपते कदमों से एक पूरा शहर पार करते हुए...शहर खामोश रहा था! ...ऐसा क्रांतिकारी था हमारा शहर!

"पहचाना?" मैंने दोबारा पूछा। सहज दिखने का प्रयास करते हुए एक फीकी-झेंपती संजीदगी अपने चेहरे पर लपेट ली थी।

"तुम्हें कैसे भूल सकता हूँ!" भावविहीन सपाट लहजा...! उसका संबोधन भी बदल गया था। आप यह देखिए कि वह सीधे-सीधे तुम पर उतर आया था! थोड़ी कसमसाहट-सी महसूस हुई। पर चलो...क्या फर्क पड़ता है? ..."हाँऽ...तुम मुझे 'तुम' भी कह सकते हो...मुझे कतई बुरा नहीं लगेगा...फिर यहाँ हमें कौन देख रहा है!..." मैंने चोरी से इधर-उधर नजर दौड़ाई और सहारे की तलाश में अपने कोट के लैपल सहलाने लगा था। साटिन की रेशमी गर्माहट ने थोड़ा आत्मविश्वास लौटा दिया।

कितना कुछ कहने को जमा था। कितना कुछ सुनने को बचा था...मगर उसके इस टेढ़े रवैये में बात कैसे छेड़ी जाए? उसको सहज करना आवश्यक जान पड़ा।

"यह चमकती धूल देखी तुमने? ...अद्‌भुत है...है ना? इसे बेचकर हम करोड़पति बन जा सकते हैं...!" जकड़ते लोभ के साथ मैंने कहा—"तुम अपने खेत भी छुड़ा लोगे...नहीं?" मजाकिया अंदाज में मैंने जोड़ा, उसके चेहरे पर छोटी-सी गुदगुदी उतर आई थी।

"पर इसे लेकर लौटेंगे कैसे?" उसने मुँह बिचकाते हुए गर्दन हिला दी।

"क्यों?" ...इसमें क्या परेशानी है?" मैं चकराया। वह धीरे से मुसकरा भर दिया। एक रहस्यभरी मुसकान। हालाँकि एक जबरदस्त व्यावसायिक संभावना एक जबरदस्त उत्सुकता पैदा कर रही थी। कुछ सवालों के तुरंत जवाब चाहिए थे—पर मुझे लगा शायद यह मौका फिर मिले न मिले। इतनी देर में वह पहली मर्तबा सहज दिखा था। मैंने बात मोड़ दी।

"जानते हो...कहाँ-कहाँ नहीं तलाशा तुम्हें...पर तुम..."

"मुझे पता है," ...उसने मेरी बात बीच में काट डाली..."तुम्हारे लिए ही रुका हुआ था! ...मैं जानता था तुम आओगे...!" वह अधिक रहस्यमय लगने लगा था। मैं फिर सशंकित हो उठा।

...अपने पत्ते क्यों खोलूँ? मैंने तय किया! ...पहले इसी से कहलवाया जाए... हाँ, यही बेहतर रहेगा। सहसा मेरी व्यावसायिक इंद्री फिर सक्रिय हो उठी थी।

"फिर, तुम्हारा क्या हुआ? ...मतलब उसके बाद...!" मैंने घुमा-फिराकर सवाल किया। उसका चेहरा गहराने लगा था..."या तुम नहीं कहना चाहते!" मैं हड़बड़ाकर बोला।

"...मुझ जैसे लोगों का क्या होता है...क्या होगा? ...मेरी आस्था, भरोसा, विश्वास सब बिखर चुका था...तुम लोगों ने सब चूर कर डाला..." वह अंतहीन कड़वाहट के साथ बोला..."माँ के पास लौटा...वह जवान थी...एक दिन एक फौजी के साथ भाग गई...फिर मैं भी भाग गया...इधर-उधर ढाबों में बरतन माँजता था। रोज पिटाई होती थी—ढाबा मालिक—ट्रकों के ड्राइवर, खलासी...और...बहुत कुछ...बहुत कुरूप... बहुत कुछ होना था," उसकी गर्दन की नसें फूल गई थीं। चेहरा उत्तेजना से काँप रहा था। कनपटी फड़कने लगी थी और वह हाँफने लगा था—"पर तुम्हें क्यों बताऊँ? ...क्या लेना-देना है तुमसे?..." वह हठात् रुक गया। घुमड़ते पश्चात्ताप से और छलकती सांत्वना में मैंने उसका हाथ थाम लिया... बिलकुल बर्फ की तरह ठंडा था।

"उफ! तुम्हारी हथेलियाँ बर्फ की मानिंद ठंडी हैं!!" उसने जैसे प्रतिध्वनित किया..."हटा लो–मुझे जरा भी अच्छा नहीं लग रहा..." मैंने अचरज में हाथ खेंच लिए थे। अचरज तो मुझे उसकी भाषा पर भी हो रहा था। हमारी तरह फर्राटेदार लयबद्ध तरीके से बातें कर रहा था! दंति 'स' और तालव्य 'श' के अंतर को भी स्पष्ट रूप में उच्चारित कर रहा था–यह कब सीखा इसने!!! मुझे तो बल्कि विश्वास हो आया था कि यह कमबख्त पेटकटे 'ष' को भी सही स्वरूप में उच्चारित करने की क्षमता रखता है!

"ईश्वर के लिए बस एक बार...सब कुछ कह डालो...मुझे भी बहुत कुछ कहना है तुमसे..."

मैंने लगातार चिरौरी की थी। उसे सँभलने में थोड़ा वक्त लगा–

"...फिर एक दिन एक मुलाकात ने मेरी दुनिया बदल डाली–मैं उनके साथ निकल गया...दस्ते का साथी बन गया। हमारी लड़ाई चल रही है...सतत चलती रहेगी! ...प्रशासन उनके साथ था–हमेशा से रहा–वे गालियाँ देते थे तब भी, बेगारी खटाते थे तब भी, बाँध के पीटते थे तब भी–हमारी बच्चियों को उठा ले जाते थे तब भी! प्रशासक हरदम उनके पक्ष में खड़े रहे। ...फिर एक दिन से हमने उनकी 'फसलें' काटनी शुरू कर दीं–डंके की चोट पर...हम इज्जत की लड़ाई लड़ रहे थे–तुम समझते हो ना?" उसने गहरी आँखों से मुझे गहराई तक घूरा था। मेरे बदन में सिहरन-सी दौड़ गई थी।

"...फिर उनकी भी सेनाएँ उठ खड़ी हुईं...हममें भटकाव आने लगे... जिलाधिकारी ने हर कीमत पर उनकी फसलें सुरक्षित रखने की चुनौती उछाल दी...हमने स्वीकार की...कल रात जबरदस्त टक्कर हुई...कहीं पर धोखा हुआ... वे पूरी तैयारी के साथ आए थे...पर हमने खेतों को आग लगा दी। वे देखते ही रह गए। ...जमकर गोलियाँ चलीं...मैंने चार को मारा...चार को...चार को!" उसने उँगलियाँ लहराईं और बकता रहा।

"...एक गोली मुझे भी लगी...यहाँऽऽ" उसने सीने के बीचोबीच इशारा किया। मैंने झटके से आपात् निगाहें दौड़ाई थीं, एक खरोंच तक मुझे नहीं दिखी!... झूठ...सब झूठ..."किस्से गढ़ने की तुम्हारी आदत नहीं छूटी..." मैं चिढ़कर बोला– "बाज आओ...अब हम बड़े हो चुके हैं।" बहरहाल, मेरा तनाव ढीला पड़ने लगा था। ...ससुरा झूठ-मूठ में तब से डराए जा रहा था!

"मेरी बात पर भरोसा नहीं?" उसने मुझे अविश्वास से देखा था और देर तक अपने सीने को गर्व से थपथपाता रहा।

"पागल हो चुका है...!" मैंने खुद को बताया था।

"चलो बताओ—क्यों खोज रहे थे मुझे?" उसने अचानक सवाल दागा। उसका चेहरा फिर से सख्त हो उठा था। वह तेज कदमों से आगे बढ़ गया। मैं पीछे-पीछे भाग रहा था।

माँ कितनी गहराई तक प्रभावित रहीं...नहीं जानता। सिर्फ अटकलें लगा सकता हूँ। शुरू से ही वह या तो खोई-खोई-सी कुछ लिखती-पढ़ती रहती थीं या घर-दुनिया के किसी काम में बिलकुल डूब जाती थीं। माँ की अपनी परेशानियाँ और निराशाएँ रही होंगी। और उनकी उपस्थिति में 'डेटॉल' सी महक का आभास होता था। उनसे कभी भी आसान संवाद स्थापित नहीं हो पाया...वक्त के साथ और भी कम!

पिता लौटे थे। चाचा को बहुत फटकारा था।

"...इन्होंने सचमुच कुछ ज्यादा ही कर दिया...!" शांतिलाल पाँच सौ रुपए पाकर मुसकराते हुए बोले थे। आगे उनका क्या हुआ। किसी को दिलचस्पी नहीं बची थी। शायद उनकी शादी का भारी-भरकम कार्ड आया था पर सीले-पीले अखबारों के साथ रद्दी के भाव बिक गया होगा।

क्या यहाँ यह बताने से फर्क पड़ेगा...कि यह हाथ-सफाई उन आंदोलनकारियों में से एक की थी जो सुबह-शाम जत्थों में रोज हमारे यहाँ जमघट लगाया करते थे? ...क्या यह बताने से कुछ भी फर्क पड़ेगा...?

क्रोधी पिता ने नौकरों पर हाथ उठाना बिलकुल बंद कर दिया। अब वे भयावह- विकृत भंगिमा बनाकर अथवा भद्दी गाली-गलौज पर ही अपने क्रोध को निपटा लिया करते थे। आश्चर्यजनक रूप से इस गुनाह में मेरी शिरकत की चर्चा तक नहीं हुई। आखिर मैं बच्चा ही तो था! ...बच्चा...!! मुझे लगा था मैं बहुत सस्ते में छूट गया हूँ। अर्सा-दर-अर्सा जब-तब चाचा की निंदा होती रही थी। सब उन्हें हैवान समझते थे। मैं भी! पर न जाने क्यों—ऐसी हर चर्चा के बाद एक अदृश्य-सा बोझ मेरी रूह पर चुटकी भर और चढ़ जाता था। और डूबता हुआ कोई जैसे साँसों के लिए छटपटाता है...मैं जोरों से हाँफने लगता था।

बरसों बाद, एक दिन उसी बरामदे में अकेले बैठे-बैठे अचानक उनका गला रुँध आया था। "तुम जानते हो...मुझसे बहुत बड़ा पाप हुआ है...बहुत बड़ा...पता नहीं किसने उसका नाम लिया था...उफ! क्यों लिया था...!" वे बामुश्किल फुसफुसाए थे और उनकी आँखों में नमी की एक हलकी-सी पर्त उतर आई थी। अगले ही दिन उन्हें गंभीर हृदयाघात हुआ था।

उस 'एक दिन'—मैं जो डूबा फिर उबर नहीं पाया। दुःस्वप्नों की शुरुआत भी तभी से हुई थी। साल-दर-साल किसी भी रात, कितनी ही रातों को अचानक कुछ जकड़ लेता था और मैं बिलख-बिलखकर बिखरने लगता था। पत्नी घोर संदेह से मुझे देखती थी और बच्चों समेत दूसरे कमरे में प्रस्थान कर जाती थी। "तुम्हें दिमागी इलाज की जरूरत है...दिखाते क्यों नहीं?" कितनी ही मर्तबा उसने कुढ़ते हुए कहा था।

ऐसा नहीं कि 'उसे' खोजने का मैंने अथक प्रयास नहीं किया—पर क्या आप मानेंगे—आप मानेंगे कि—मुझे उसका नाम तक याद नहीं...!!!

दिमागी नहीं, मुझे रूहानी इलाज की सख्त जरूरत थी—मैंने भी महसूस किया था। फिर कहाँ-कहाँ नहीं भटका! बेशक हो सकता है सही लोगों से मुलाकात न हो पाई हो—कुछ कह नहीं सकता।

गीता के सर्वप्रथम प्रवचन के साथ-साथ तिलक-त्रिशूलधारी धर्म से पापबोध की अवधारणा ही मिट चुकी थी।

...हम सब तो निमित्त मात्र थे! अच्छे-बुरे, घिनौने जैसे भी...जिंदा बच्चों में आग लगा देने वाले तक--सब उसी परमात्मा के अंश थे! ...और सिवाय चित्त की शांति के बौड़म-टोटकों की महँगी फेहरिस्त के अलावा कुछ भी मूल्यवान मेरे हाथ नहीं लगा!

"तो वह तुम्हें नहीं मिला! हूँऽऽ...तुम्हारा मसला टेढ़ा है...खुदा से माफी माँगो... पाक दिल से तौबा करो...गरीबों को दान दो...उन्होंने दाढ़ी खुजाते हुए विचारा था। उनके कमरे में टँगे कैलेंडर से सद्दाम हुसैन का चेहरा झाँक रहा था। "वैसे पवित्र अभिलेखों के मुताबिक सौ गुलामों को आजाद करना भी जरूरी माना जाता है...!!! वे धीरे से बोले थे। पर मेरे पास आजाद करने के लिए गुलाम ही नहीं थे! मैंने तौबा कर ली थी।

धर्मभेदियों से छिप-छिपाकर, कन्फेशनल सील के कवच में मैं कंफेशन करने भी गया था। मध्ययुगीन हौलनाक यादों से निकलकर—चर्मभेदियों को नजरअंदाज करते।

"कोई आश्चर्य नहीं कि तुम तड़प रहे हो...पर तुम अकेले जिम्मेदार नहीं थे...फिर तुमने गुनाह को सच्चे मन से कबूल किया है...गिरे हुओं की मदद करो—

ईश्वर से क्षमा माँगो...वह बड़ा दयालु है–तुम्हें माफ कर देगा मेरे बच्चे...!"
"पर ईश्वर के उस बच्चे का क्या होगा फादर? उसके बारे में कौन सोचेगा?"

पादरी भ्रम की स्थिति में पड़ गया था। "हाँ...वह दुखी आत्मा है...परमात्मा उसे भी राह दिखाएगा..." पादरी ने बात अधर में झुला दी।

"अगर उसकी आस्था बची हुई होगी...अगर वह उनकी शरण में लौटेगा तब ना!"

"मनुष्य दोषमुक्त नहीं होता...ईश्वर बनने का प्रयास मत करो...!" उन्होंने मुझे तल्ख चेतावनी दी थी।

"कर्म...पूर्वजन्मों के कर्म...नियति..." भंते ने क्लिष्ट काल-चक्र की व्याख्या करते हुए हाथों से हवा में बड़ा-सा घेरा बनाया।

"और वह! ...उसका क्या होगा?"

"वह अपने 'कर्मों' को भोग रहा है...जैसे–तुम!...देखो समझने का प्रयास करो–असल चीज है पछतावा...या अधिक से अधिक ग्लानि! ...पाप बोध तो अहंकार का रूप है...और अहंकार की भाँति ही यह धीरे-धीरे मनुष्य को निगल जाता है...इससे जल्द से जल्द निकल जाओ...!"

"ऐसे तो पूरी सृष्टि ही अहं का विस्तार है...!" मैंने सोचा था और उनके घेरे से हमेशा के लिए निकल आया था।

कार सेवा, आत्मदंड, परोपकार, पश्चात्ताप, क्षमा-याचना, दान-अनुदान के अलावा और किस्म-किस्म के पाखंडों से अलग हटकर उन सबके जिस विचार ने मुझे सचमुच प्रभावित किया था–वह था–"अगर 'वह' खुद तुम्हें क्षमा कर दे–बदला वसूल कर भी...!" यह सबसे बेहतर लगा था मुझे।

पर...पर वह कभी मिलेगा क्या? ...और आज जब वह मुझे मिल गया था तो मैं कुछ भी तय नहीं कर पा रहा था!

"तुमने हमसे प्रतिशोध क्यों नहीं लिया?" मैंने हिचकते हुए पूछा–"...संभवतः तुम्हें हमारी कुछ मानवीय...कुछ आत्मीय स्मृतियों ने रोक दिया होगा...क्यों?" किताबी आदर्शवाद के प्रभाव में मैं महात्माओं की तरह बोला था।

"नहीं! ...बिलकुल नहीं!"–वह भड़क गया–"मैं बदला नहीं ले पाया...सिर्फ इसलिए...इसलिए कि तुम सब मेरी पहुँच से बाहर थे...और सुन लो हमारे बीच कुछ भी दोस्ताना नहीं बचा है!"

मैं आहत-सा महसूस करने लगा था।

"तुमने कभी सोचा है...ईश्वर के पास तुम्हारे जैसे आततायी ही जाते हैं... मुक्ति के लिए...लोक-परलोक सुधारने...अपने बच्चों को शाप से बचाने–और मेरे जैसे लोग...आस्थाविहीन...शायद प्रतिशोध की एक भीख माँगने!" इसे कैसे पता चला? ...मैंने तो इसका जिक्र तक नहीं छेड़ा था। मैं चकित हो गया। "क्या तुमने भी प्रतिशोध के लिए हाथ पसारे?" मैंने आशंका से पूछा था।

"हाँऽ...! और वह मुझे मिलेगा भी...बहुत जल्दी...!" वातावरण सहसा संदिग्ध हो उठा था मेरी हथेलियाँ सचमुच बहुत ठंडी हो चली थीं।

"बताओ...क्यों खोज रहे थे मुझे?" तेजी से डग भरते हुए उसने दोबारा पूछा। मैंने उसकी करुणा और सहानुभूति जीतने के लिए अनुकूल भावुकता भरी भूमिका बाँधी थी।

"जानते हो–शायद यह मेरे किए की सजा रही हो–पर जीवन में कभी भी एक टुकड़ा निःस्वार्थ प्रेम...या एक कोमल स्पर्श...या क्षणभर की आत्मीयता...कुछ भी तो नहीं मिला..."

"वह क्या होता है?" वह ऐसे आँखें फाड़ रहा था जैसे उसे सचमुच ही नहीं पता...कुछ ज्यादा ही बन रहा है...मुझे इस तरह का छद्म बिलकुल बर्दाश्त नहीं होता। पर मैं कर ही क्या सकता था।

"खैर, वह जो कुछ भी होगा–तुम्हें नहीं मिला...! क्या चुटकी भर भी नहीं?" उसने उत्सुकता जताई।

"अऽऽ...अब जैसे हॉस्पिटल में...वह नर्स थी वहाँ...उठाते-लिटाते अपने गुदाज बदन को मुझसे चिपका दिया करती थी–मुझे अच्छी लगती थी–मुसकराकर बातें करती थी! ...मैं उसे चुपके से पैसे-वैसे दे दिया करता था। मेरे पास काफी हैं।" मैंने धीरे से एक आँख दबा दी थी–वह समझकर मुसकराया था।

"इसी तरह के स्वाँग-संबंधों और नकली खेलों से मन को बहला लेता था–और क्या!"

"और तुम्हारी बीवी?" उसने कौतूहल से पूछा।

"नाते भी अकसर ऐसे ही स्वाँगों में बदल जाते हैं दोस्त! ...सालोंसाल घिसटते हुए...धूल से धूल तक! ...राख से राख तक!!"

"दोस्त नहीं...!" उसने उँगली उठाकर टोका था–"बहरहाल, क्या इस पर मुझे अफसोस जाहिर करना चाहिए?" उसने उसी मासूमियत से पूछा था।

एक बार को लगा वह मुझे चिढ़ा रहा है। मैंने उसे गौर से देखा था पर ऐसा कुछ उसके चेहरे पर नहीं झलका–"हाँ, यह मुनासिब रहेगा! यही कायदा है!"

"मुझे अफसोस है। मुझे अफसोस है...मुझे अफसोस है...मुझे अफ...!"

"बस्सऽऽ इतना काफी है।" मैंने हताशा से हाथों को उछालते हुए कहा। वह यंत्रवत् चुप हो गया था।

"ना मालूम क्यों ऐसा बर्ताव कर रहे हो–तुम्हें क्या पता–कब से कितने भारी बोझ को ढो रहा हूँ...तुम्हारे बोझ को! मधुमेह, रक्तचाप...असामयिक क्या कुछ नहीं हो गया मुझे...जिगर-गुर्दे-दिल सब जवाब देने लगे हैं–हफ्तों से अस्पताल में पड़ा था–थक गया हूँ...बुरी तरह थक गया हूँ...!" मेरी आँखें डबडबा गईं।

"मुझे सचमुच अफसोस है।" इस बार वह संयत स्वर में बोला था।

"न जाने कैसे मुझे आभास हुआ था कि आज रात तुम अवश्य मिलोगे। मुक्त होने का यह अंतिम मौका था। अपने सूजे नील पड़े हाथों से मैंने सारी सूइयाँ उखाड़ फेंकीं...ऑक्सीजन की नली को खींचकर अलग कर दिया। बीमार बदन से चिपके तमाम संवेदकों को नोच डाला। आराम से कोट पहना और सीधा निकल आया। वे सब के सब बिस्तर के नजदीक काठ की तरह स्थिर खड़े रहे...पुतलों की मानिंद...जैसे खड़े-खड़े जमा दिए गए हों! ...जबरदस्त झटका दिया मैंने उन्हें, नहीं?

उसने फिर मुँह बिचका दिया था!

"तुम्हें विश्वास नहीं? ...मैं डींगें नहीं मारता तुम्हारी तरह...लो देखो–खुद ही देख लो..." मैंने झटके से कोट उतार फेंका। कमीज की बाँहें समेट लीं और दोनों हाथ उसके चेहरे के आगे धकेल दिए–"लो देखो!"

सूइयों के छेद...काले-नीले धब्बे...सूजी हुई नसें...! साफ-सुथरे प्रसाधित हाथों पर कुछ भी तो नहीं दिखा!!

जीवन में ऐसी शर्मिंदगी से कभी भी साबिका नहीं पड़ा था। मैं भौचक हाथों को घुमा-घुमाकर देखता रहा। वह धीरे से हँस दिया।

"चलो, जाने भी दो...असली मुद्दे पर आ जाओ–तुम आखिर चाहते क्या हो?" उसने मलहम लगाने का प्रयास किया–जो तेजाब की तरह जला गया। थोड़ी देर मैं बिलकुल खामोश चलता रहा। अचानक अपनों से मिलने की ख्वाहिश होने लगी थी!...वीरानगी के बह्र में...कोई एक परिचित चेहरा!

रास्ता कुछ और पतला–कुछ और चमकीला होता जा रहा था। नत-समतल की तरह धीरे-धीरे ऊपर उठने लगा था। साफ आबनूसी आसमान में उल्काएँ तेजी से अजूबा लकीरें खींच रही थीं–विराट आतिशबाजी की तरह! पहले कभी नहीं देखा...! ...उसी वक्त वे सब मुझे दिखाई पड़े थे। बड़े-बुजुर्ग, वीर-बाँकुरे, महानात्माएँ–जिनका जिक्र वंश-वृक्षावलियों में अकसर हुआ करता था। मेरे अपने...अपनों के अपने...अपनों के अपनों के अपने...!! मैं सबको प्रवृत्तिक रूप से पहचान रहा था–"दुनिया कितनी छोटी है..." मैं बुदबुदाया और बड़े उत्साह से उनकी ओर बढ़ गया।

–फिर सबों ने अपने लबों पर उँगली रख मुझे चुप रहने का इशारा किया था। मैं कुछ समझ नहीं पाया।

मेरी बेवकूफी से एक बहुत निकटवर्ती के चेहरे पर चिढ़चिड़ाहट दौड़ गई थी–उनका जबड़ा भिंच गया था। मुट्ठियाँ कस गई थीं। मुँह लाल हो उठा था–उनके ताप से उनकी कमानी टेढ़ी होकर एक तरफ को लटक गई थी और ऐनक के शीशे पिघलकर टप-टप टपकने लगे थे–आँसुओं का भ्रम पैदा कर रहे थे! उनकी सफेद पुतलियों में गंभीर चेतावनी तैर रही थी। मैंने चारों ओर नजर दौड़ाई–सारे पुरखों ने कमोबेश वैसी ही भंगिमा अख्तियार कर ली थी...क्या बेहूदगी है?

उजबकों-सा उनका व्यवहार, विदूषकों की कवायद की तरह लग रहा था। मुझे शर्म-सी महसूस हुई थी। 'वह' क्या समझता होगा!" फिर उन्होंने मुझे रुकने का संकेत दिया–उससे जुदा हो जाने के लिए हाथों से लगातार इशारे किए। खैर था कि वे कुछ बोल नहीं पा रहे थे–न जाने क्या उल्टा-सीधा, गंदा-सा कुछ बक देते–मैं बहुत आशंकित हो उठा था। मैंने चुपके से उसकी ओर देखा पर वह अपने में ही मगन बढ़ा चला जा रहा था।

काफी देर तक वे सब मेरे इर्द-गिर्द हवा में तिरते रहे। "मत जाओ...उसके साथ मत जाओ...!" बड़ी मशक्कत से अटकती, रेंघती आवाज में कोई फुसफुसाया! मैंने उन सबको अनदेखा कर दिया। डरे हुए लटके लोगों में अचानक मेरी दिलचस्पी खत्म हो चुकी थी।

"तुमने उनकी हरकतें देखीं–मैं तो कहूँगा असभ्य...अभद्र...नितांत अश्लील ...क्यों?" मैंने जल्दी से कहा था। कहीं वह इसमें मेरी भागीदारी का शुबहा न पाल बैठे...हमारी मिलीभगत जैसा कुछ! उसने मुझे कुछ इस तरह देखा मानो मेरा दिमाग चल गया हो!" वे कमबख्त उसे दिखाई तक नहीं दिए थे। आसमानी आतिशबाजी भी सहसा बुझ गई थी।

"हो क्या रहा है?" मैं चिंतित हो उठा था–"आखिर हम हैं कहाँ पर? ...इतना मैं जानता हूँ यह स्वप्न तो बिलकुल नहीं।"

"क्या? ...तुम्हें सचमुच नहीं पता...कुछ भी नहीं?" उसने आश्चर्य से देखा था... "तब शायद यह मुझे प्रदत्त प्रतिशोध का हिस्सा ही हो!" वह गंभीर-सी मुद्रा ओढ़े गहरे चिंतन में डूब गया। मुझे जोरों से कुढ़न हुई थी। उसके छायावादी पैंतरे बर्दाश्त से बाहर हो चले थे।

"गोल-मटोल बातें बनाना छोड़ो! ...तुम्हें प्रतिशोध लेना है...मैं भी तुम्हें सिर्फ इसीलिए तलाश रहा था!"

...अदृश्य से क्यों डरता रहूँ? मैंने झटके में तय कर डाला था–"तुम तब से टर्रा रहे थे–मुझे क्या चाहिए...तो सुनो! मुझे मुक्ति चाहिए। तुम्हारे बोझ से...अपने पापबोध से...एक दूसरा मौका...एक बिलकुल साफ-शफ्फाफ सफा...और इसके लिए जरूरी है कि तुम अपना बदला एक मुश्त में ले डालो...!"

"क्या यह मुमकिन है?" उसकी आवाज में अविश्वास था।

"बिलकुल मुमकिन है...हमें बस एक निगोड़ी रस्सी चाहिए और एक अदद आलपिन...!"

"नहीं...मैं 'दूसरे मौके' की बाबत बोल रहा था! क्या यह वाकई मुमकिन है?...आखिर क्यों मुक्त होना चाहते हो?...क्यों भागना चाहते हो एक बोध से... सत्य की स्वस्फुरित अनुभूति से?" वह बदतमीजी से तमाम आस्थाओं का एक साथ मजाक उड़ा रहा था।

"शब्दों को मरोड़कर अर्थ निकालना मुझे भी आता है...पाप-बोध से मेरा तात्पर्य गिल्ट कॉम्प्लेक्स से है और उसके वह मायने नहीं निकलते जैसा तुम फेंक रहे हो।"

"...जो भी है, वह एक बोध की ही उपज है!" उसने बड़े विश्वास से कहा था– "कितने क्षण? ...इन पच्चीस-तीस सालों में कुल कितना वक्त अहसासे-गुनाह से परेशान रहे होगे? ...चार महीने! ...पाँच...या छह महीने?"

मैंने तेजी से हिसाब जोड़ा था...हाँ, इस पूरे वक्त को घंटों में बदल लेता तो ज्यादा से ज्यादा...उतना ही–जो उसने कहा था! मैं चुप रहा।

"...तुम छह महीनों का बोझ नहीं बर्दाश्त कर सके...अपनी स्लेट पोंछ डालना चाहते हो...दूसरा मौका!...क्या यह मेरे अगणित सालों से अधिक लंबा, अधिक बोझिल...अधिक ऊसर, अधिक कठिन था?" वह तेजी से मुझे भ्रमित करने का प्रयास कर रहा था।

...माना कुल छह महीने...किंतु इसका ऐसा सस्ता सरलीकरण करना उचित है क्या? ...मैंने बौखलाकर सोचा था।

"शायद नहीं!" न जाने किस जादूगरी से मेरे मन को पढ़ते हुए वह बोला– "यही सुनना चाहते हो! ...है ना?"

"एक अर्से से भरमा रहे हो...मैं नहीं फँसता इस जाल में!...तुम खड़े हो... मैं खड़ा हूँ...तुम निःसंकोच पूरा बदला वसूल लो...मुझे और कुछ नहीं सुनना है...बस्स।" पूरी शहादत के साथ मैंने कहा था।

"ठीक है अगर तुम कहते हो...तो फिर यही सही!" कहीं दूर से आती उसकी आवाज में बेरहम, दमित खुशी छलकती सुनी थी मैंने। ऊपर से इतना बड़ा एहसान अलग! अगर तुम कहते हो तो...! हहः! ...कायदे से इसे मुझे मनाना चाहिए था। 'ना' 'ना' ही करता एकाधा बार...नहीं क्या? ...जरा भी इंसानियत नहीं बची है इसमें...!

कुछ समय हम चुपचाप चलते रहे। "ऐसे आदमी को 'ब्लैंक-चेक' थमा देना उचित था क्या? यह तो किसी भी हद तक जा सकता है...मेरी बीमारी का लिहाज भी नहीं करेगा!...क्या जरा भी नहीं करेगा? ...मुझे निश्चय ही कुछ अधिक संयम से काम लेना चाहिए था।" यकायक तरह-तरह के संदेह मन में रेंगने लगे थे...

"इस वीराने में रस्सी कहाँ मिलेगी?" वह ठिठक गया।

"हाँ! इस वीराने में रस्सी तो बेशक कहाँ मिलेगी।" मेरी अनुगूँज मुझे सुनाई पड़ी थी...क्रूर-मधुर उल्लास से थिरकती हुई।

"आलपिन भी नहीं!" उसने खोजते हुए नीचे देखा–"तब...फिर कैसे-क्या किया जाए?"

"मैं ठहरा बीमार आदमी...! 'कैसे', 'क्या'–यह सब सोचना तुम्हारा काम है...मुझे इससे क्या सरोकार?" निर्लज्जता के साथ मैं बोला–"मतलब, जैसा ठीक समझो...झटपट तय कर लो।"

"जैसा ठीक समझो!! ...बहुत खूब!" उसने बड़े भद्दे तरीके से मेरी नकल उतारी थी–"सस्ते में निपट लेना चाहते हो...सोचते होगे हताश होकर या तरस खाकर कह दूँगा कि जाओ तुम ऐसे ही मुक्त हुए...कि मुझे वसूली नहीं चाहिए! ...क्यों?"

चोरी पकड़ी गई थी। मैं अपमान से तीता हो उठा! "कोई हक नहीं कि तुम मुझे इस तरह जलील करो...कोई हक नहीं है!...मैं भी इज्जतदार आदमी हूँ!... खुद को नहीं देखते? ...छाती ठोक-ठोककर बक रहे थे–कितनों को तुमने हलाक

किया...किसी किस्म का बोध तो रहने दो--तुम्हें तो मामूली सा अफसोस तक नहीं है अपने किए पर..."

"वह आत्मरक्षार्थ था...और बराबरी पर!" उसका बना-बनाया उत्तर जैसे तैयार बैठा था।

..."अरे छोड़ोऽ...यह तो मेरी नेकनीयती है कि मैंने इतना सोचा भी! वर्ना कौन सोचता है? ...नहीं–मेरा क्या बिगाड़ लेते? ...आखिर क्या बिगाड़ लेते तुम?" मैं विक्षिप्तों की तरह चीखने लगा था।

"आहिस्ता! ...धीरे बोलो..यह इच्छा तुम्हारी थी! ...तुम ही मुझे तलाश रहे थे–बरीयत तुम्हें चाहिए! ...समस्या तुम्हारी है! ...खामखा मुझ पर क्यों झल्ला रहे हो?"

निःसंदेह! इस हालत में खुद को मैंने ही पहुँचाया था। जरूरत क्या थी?...नहीं, जरूरत थी–दूसरा मौका! ...आमुर्जिश...एक नई शुरुआत!! ...या... या–क्या पता!!

"मुझे लगता है, यहाँ तुम जो भी चीज चाह लोगे--आगे-पीछे तुम्हें अवश्य मिल जाएगी...रस्सी, आलपिन...कुछ भी!"

–उसने मुझे उकसाया था! मैं भला क्योंकर चाहता? ...पर मैंने चाहने का ढोंग बखूबी रचा था–"बिलकुल-बिलकुल...क्यों नहीं!" मन ही मन मुसकराते हुए मैंने गर्दन हिलाई। इस बियाबान में इन सबके मिलने की किंचित् भी संभावना नहीं थी!...बस ससुरे को कोई तिनका-काँटा...कोई रस्सीनुमा चीज न पड़ी मिल जाए रास्ते पर!" मुझे बेहूदा-सी आशंका हुई थी...खतरे के निकल जाने के बाद की सरकती लिजलिजाहट जैसी! ...बदन में रोमांच तिर गया था।

...और वह ठीक हमारे सामने पड़ा हुआ था!!!

"तो तुमने यह चाहा! ...वाकई जानदार आदमी हो!" उसने उस आठ फुट्टा मरे साँप को उठाते हुए कहा था–"इसका सोंटा भी जानदार बनेगा।" उसने उसे तोड़-मरोड़कर परखा। फिर उसने उसका एक जहरी दाँत नोच लिया। "यह आलपिन से बेहतर काम करेगा–नहीं?" घुमावदार, कड़े-लचीले सूई सरीखे दाँत को नीली रोशनी में चमकाते हुए वह पूछ रहा था।

मेरा बदन सुन्न पड़ता चला गया! "पर इसमें तो जहर भी होगा!" रिरियाती हुई आवाज निकली थी।

"लो, इस संदेह को भी निकाल देते हैं! उसने उसे अपने हाथों में चुभाकर दिखाया। मुझे पता था कि एक नन्ही-सी सुर्ख बूँद उभर आएगी, जिसे आदतन

वह अपनी कमीज में पोंछ डालेगा...! फिर उसने उसे अपनी जेब में रख लिया और बड़ी कुशलता से साँप को आकार देने लगा था।

उसका चेहरा बिलकुल बदल गया था। खूँखार और वहशियाना! ...सूखे होंठ-विद्रूप...टेढ़े...भिंचे हुए...! तेजी से नाचती-झपकती आँखें...और उँगलियों पर दबी हुई उत्तेजना की थरथराहट!

"रिलैक्स!" शल्यचिकित्सकों-सी ठंडी आवाज में उसने कहा था...अंग्रेजी में! —"चलो, बैठ जाओ..."

आखिरी कोशिश में मैंने अंतिम हथियार चलाया..."वैसे सोचो तो मैं पहले ही कितना कुछ भुगत चुका हूँ...मानसिक-शारीरिक...हर तौर पर...दुःस्वप्न... दवाएँ...सूइयाँ...आलपिन की तरह! ...जानते हो, इतना व्यथित, इतना विचलित रहा कि खुदकुशी तक के बारे में बड़ी गंभीरता से सोचा करता था...अभी भी!" मैंने उसे डराने की पुरजोर कोशिश की थी।

"पर तुमने की नहीं! ...और कर भी लेते तो क्या फर्क पड़ता? ...एक तुच्छ-सी बरबादी...बस! ...इससे अधिक कुछ भी नहीं!उसने जैसे समझाते हुए कहा था।

"इतने बेमुरौवत न बनो...विश्वास करो मैं बहुत बीमार और दुखी आत्मा हूँ!" अंततः मैं गिड़गिड़ा दिया!

"बेफिक्र रहो!...इस बात का पूरा ख्याल रखूँगा।" उसने लपलपाता सोंटा उठा लिया--हाथ को कमान की तरह तानकर कितनाऽ पीछे ले गया था! ...मेरी पीठ का चमड़ा-चोट खाए डंगरों की पीठ-सा थर्रा उठा था। 'सटाक' की छीलती-उधेड़ती आवाज मेरे कानों में बजने लगी थी।

"ओफ! ...काश कि यह रुक जाता! ...कि सब गायब हो जाता!!" मेरा रोम-रोम चीत्कार उठा था।

"तुम्हारी बरीयत संभव नहीं!" वह सचमुच रुक गया था। "यहाँ काफी कुछ बेढंगा है...तुमने, तुम-सबने अपने बरामदे में मुझ पर जुल्म ढाए थे...और मेरे पास वैसा बरामदा नहीं है! ...फिर बदला कैसे पूरा होगा?"

मुझे उबरने में थोड़ा वक्त लगा था। धीरे-धीरे उसके शब्दों ने अपना अर्थ धारण किया...यह तो गजब का लालची हो चुका है! ...मुझे आरंभ से ही पैसों पर ही बात तय करनी चाहिए थी! मैंने खुद को कोसा।

"बरामदा बनवाना संभव नहीं है! ...फिर मकान माँगोगे...खेत-जमीन,...यह सब संभव नहीं है! ...थोड़े-बहुत पैसे दे सकता हूँ—बस्स!" अपनी जेबें टटोलते हुए मैंने मोल-भाव किया।

"यह तुम्हारी दुनिया है...!" ...उसने चारों ओर नजर दौड़ाई। उसके चेहरे पर मासूमियत लौट आई थी। "...तुम्हारी मान्यताएँ, तुम्हारी अवधारणाएँ, तुम्हारी इच्छाएँ, तुम्हारे भय, तुम्हारे ईश्वर...तुम्हारा ही सौंदर्यबोध! ...जो देखना चाहते हो, देख रहे हो...जैसा सुनना चाहते हो, सुन पा रहे हो! ...सारी दुनिया तुम्हारी है! अगर बरामदा भी चाह लोगे–मिल जाएगा! कोई बड़ी बात नहीं है पर सवाल बरामदे का नहीं है। प्रभुत्व-भाव का है–जो मालिक में होता है...शासक में होता है...अश्वमेधियों में होता है...उसे कहाँ से लाऊँगा? ...प्रतिशोध का यह खेल भी 'तुम्हारी' मर्जी की वजह से है...चूँकि 'तुम' ऐसा चाहते हो!! ...फिर बदला कैसे हुआ?...मैं तो बस अजनबी हूँ तुम्हारी दुनिया में...और मुझे तुम्हारी भीख नहीं चाहिए।"

उसने जेब से दाँत निकाला–साँप के मुँह में दोबारा बैठाकर उसे वहीं रास्ते पर डाल दिया। जैसे टेलीविजन का पर्दा बुझता है–वैसे ही वह लिजलिजाता खौफ आँखों के सामने से गायब हो गया था!

जुगनुओं का रेला उठने लगा था–लगातार! एक साथ इतने सारे जुगनू मैंने पहले कभी नहीं देखे। चारों तरफ चकमक-चकमक!

"हिश्शऽऽ!" उसने हाथ उठाकर रुकने का इशारा किया! "यह जुगनू नहीं हैं" उसने बताया था। "सामने क्या है, ...मैं नहीं जानता! ...कोई भी नहीं...! पर अब आगे तुम्हारे साथ नहीं चलना चाहूँगा...इतना तो मेरा अधिकार है ही खुद पर–मानते हो ना?"

मैंने धीरे से गर्दन हिला दी।

"क्या मैं कुछ नहीं कर सकता तुम्हारे लिए?" मैं शायद अपने आप से फुसफुसाया था। अपनी सारी तहों को वेधते हुए।

"ना, कुछ भी नहीं!" वह पल भर को ठिठका–"...उस दिन तुम्हारे यहाँ... उस वक्त ...अधिक कुछ समझ नहीं पाया था...बस यह कमबख्त दुखता रहा था...बेइंतिहा दुखा था...जानते हो...आज तक वैसा ही दुखता है...!" उसकी आँखें झिलमिला गई थीं। उसने अपने दिल पर धीरे से उँगली टिका दी थी–और तब वह मुझे दिखाई पड़ा!

एक छोटा-सा लाल धब्बा!...उसकी कमीज के बीचोबीच एक छोटा-सा लाल धब्बा चिटक आया था! ...गाढ़ा! ...चिपचिपाता हुआ...जो बड़ी तेजी से चारों तरफ फैलता जा रहा था।

"तुम्हारे सीने पर खून है...ढेर सारा!" मैं हड़बड़ाकर बोला।

"मुझे पता है! ...तुम्हें बताया तो था!..." धीरे से उसने कहा था।

अब जुगनुओं ने उसके चारों तरफ घेरा डाल लिया था। वे सितारों की तरह जगमगा रहे थे!...कुछ देर तक मैं विस्मय से उसे देखता रहा...कितना कुछ रह गया था कहने को...!

फिर हवा पिघले हुए काँच की तरह लहराई थी...एक बुलबुला-सा उठा–जिसमें वह समा गया...फिर वहाँ कुछ नहीं था!!

चमकती धूल राख सरीखी फक्क पड़ गई थी। सूजे हुए हाथ-पैर अचानक दर्द से टिसकने लगे थे...लौटते हुए, घिसटते हुए... बड़े बोझिल! ...और यहाँ से वहाँ तक पसरी पड़ी वीरानगी वापस मेरे भीतर तेजी से सिमटने लगी थी। बड़ी तेजी से!...

['हंस' अप्रैल, 2000]

मिट्ठू

"देखना,...इसकी बेटियाँ वेश्या हो जाएँगी!" विशुद्ध भदेस संस्कारों के तहत वे बोले थे। 'वेश्या' और खासकर उसके 'श' को मशक्कत से चुभलाते हुए। मानो उस अस्पृश्य शब्द को गंगास्नान करा रहे हों... उसकी अशोभनीयता को भोथरा रहे हों!

अलबत्ता इस प्रयास में वे उसे बिलकुल अश्लील बना बैठे थे।

..."क्यों?" मेरी हाँ सुनने के लिए उन्होंने जोड़ा। वे यकायक परेशान दिख रहे थे। खीजे हुए से पीठ को जोर-जोर से नोचते रहे। इधर-उधर...चारों तरफ! जैसे खुजली के स्रोत को तय नहीं कर पा रहे हों।

"हो सकता है!" मैंने कतराते हुए कहा। जाहिर है पिता के मुँह से इस तरह के अल्फाज किसी को भी संकट में डाल सकते हैं...क्यों?

"सकता-वकता नहीं! ...यही होता है...यही होगा!" वे बिलावजह चिढ़ गए थे। फिर देर तक अपनी छड़ी को यूँ ही फर्श पर ठकठकाते रहे!

आज वह फिर आया था। उसकी कमीज में बेशऊर सी मरम्मत के दो-एक नमूने और जुड़ गए थे। पतलून के सामने में जाने किस चीज के जंगाए से दाग लगे हुए थे। पाँयचे थोड़े और घिसे, किनारियाँ थोड़ी और काली नजर आ रही थीं। नीली धारी वाली रबर की चप्पलें जहाँ-तहाँ से छिलके की नाई पतली हो चली थीं। हर बार की तरह उसके गंदे पैरों और मैले चेहरे पर हल्की सी सूजन एक बदरंग पर्त की मानिंद चढ़ी हुई थी। और हर बार की तरह ही उसने एक हाथ में 'पेट' की बोतल जकड़ रखी थी जिसमें संदिग्ध-सा जल छलक रहा था।

उनके चेहरे के बदलते रंगों को परखता हुआ वह आशंकित-सा बेंत की कुर्सी पर बैठ गया।

"तुम फिर आ गए?" उन्होंने आँखें सिकोड़ी।

"बताइए साहब! ...फिर आ गए!" उनके तोते ने डैने फड़फड़ाए।

"कहाँ? ...कहाँ! जमाने बाद आ रहा हूँ!" वह तड़फड़ा गया था—"मतलब, दो महीने से ऊपर हो गए...!"

थोड़ी सी याचना घोलते और थोड़ा आहत दिखते, आक्रामक अंदाज में वह बोला।

"तो हमने कोई कर्जा खा रखा है तुम्हारा?" पिता ने बेमुरौवत लहजे को बरकरार रखा। उनकी आवाज भी तीखी हो उठी थी।

"बताइए, फिर कहाँ जाऊँ?...इस दरबार में नहीं तो कहाँ आसरा मिलेगा गरीब को? ...जो आपने मेरे लिए किया है, मेरा जर्रा-जर्रा ताउम्र एहसानमंद रहेगा आपका...!" उसने चापलूसी अख्तियार कर ली थी।

'गरीब', 'दरबार', 'ताउम्र एहसानमंदी' जैसे जुमले चटपट असर दिखाते हैं। उनकी आवाज की तल्खी अचानक नीचे सरक आई।

"भीख माँगने की भी हद होती है!" वे कुढ़ते हुए मगर सिर्फ धीरे से बुदबुदाए।

"...हद होती है...!" तोता भी बड़बड़ाया।

अब वह काफी आश्वस्त हो उठा था। उसने बोतल को कुर्सी के बाजू रख दिया और बड़े आराम से एक पैर को दूसरे पर चढ़ा, हथेली से मसलता जा रहा था...फिर दूसरे पैर को...मरमरी फर्श पर मैल की बत्तियाँ, किरकिराता हुआ चूरा,... काला-काला-सा सब बिखरने लगा था।

"रह-रहकर जरूरी हो जाता है! ...डॉक्टर ने...डॉक्टर ने बताया है!"

अपनी बेहूदा हरकत को जायज ठहराते उसने मेरी आँखों में झाँका। जबकि मैं बाजी लगा सकता हूँ कि ऐसा वह सिर्फ अपनी घिसी चप्पलों के सूराख दिखाने की नीयत से कर रहा था...हमें शर्मसार करने के लिए।

मैं यह भी जानता हूँ कि वे चिढ़कर बोलेंगे—"गरीबी काबिलियत नहीं होती!"

उसने चौंकने का अभिनय किया फिर पैर को वापस जमीन पर धर दिया। "आपने मुझसे कुछ कहा?" वह भोलेपन से टुकुर-टुकुर ताके जा रहा था।

"तुम्हें पी.एम. फंड से चालीस हजार किसने दिलवाए?...अपने पास से भी पाँच हजार दिए थे...फिर भी माँगते ही रहते हो...कब तक चलेगा?"

"गुर्दे पलटवाने में इससे क्या होता है?...वजीरे आजम को अंदाजा है इसका?...बेशक, उन्हें होगा भी क्यों!...इतनी सारी दवाएँ...हॉस्पिटल के चक्कर...यह पानी देख रहे हैं आप...बारह रुपए की बोतल आती है...पानी पिओ फिर सू-सू नापो...तीन बोतलें रोज लगती हैं...मतलब—पैसा पेशाब की तरह बहता

है!...पचासों तरह के खर्चे हैं साहब...दुनिया भर के झमेले हैं...आपसे क्या-क्या रोऊँ?" वह भी चिढ़ गया था।

"तो उबालकर पिया करो।"...वह कुड़कुड़ाए।

"अब वही करता हूँ।" बर्फीले अंदाज में उसने कहा।

"फिर झूठ क्यों बोले? ...फिर पानी में पैसा पेशाब की तरह क्योंकर बहेगा?"

'उबालने के भी खर्चे होते हैं! ...गैस, कोयला, लकड़ी...घंटे भर तक लगातार उबालना पड़ता है..."

"जो भी है, तुम्हारा झूठ पकड़ा गया।.यह साबित हुआ कि तुम झूठे हो...!" उनकी आँखें लाल हो गई थीं। तोते ने भी अपनी उसी रंग की बना डाली थीं! "हद है साहब...हद है!" उसने चोंच मारी। वह बेशर्मी से खीसें निपोरता रहा। मुझे लगा था अब वे उसे गाली-वाली देकर भगा देंगे।

"लो...तुम भी पी लो," उन्होंने चाय की ट्रे की तरफ इशारा किया। मुझे घोर अचरज हुआ।

"इसके सिवा कुछ भी पीना मना है!" उसने बोतल पर नजर दौड़ाई।

... "हाँ, यह जरूर ले सकता हूँ..." उसने लपककर बादाम चिपके दो बिस्किट उठा लिए। वह वाकई बेशर्म हो चला था।

"आपके लॉन की घास का तो कहना ही क्या!" वह हठात् बोल पड़ा, "...और वह आपके गुलाब...और वह छींट वाला डालिया...माशाअल्लाह..." वह रुक गया। हम सब फूले से उधर देखने लगे। चटख हरी मखमली घास को... गुलाब की क्यारियों और डालिया के गुच्छों को! उसने दो-तीन गहरी साँसें भरीं।

"ऑपरेशन के पहले लगता था कि इस नजारे को दोबारा देख नहीं पाऊँगा...अब लगता है कि देख रहा हूँ तो कब तक! ...अरे! वह तितलियों का झुंड! वाह-वाह! दुनिया बड़ी हसीन है साहब...इसे सँभालकर रखिए!"

मुझे हल्का-सा संदेह हुआ कि पट्ठा हमारा ध्यान बँटा रहा है! ...बिलकुल!

आँखों के कोने से मैंने देखा...कमबख्त प्लेट से खटाखट बिस्किट सरका रहा था। उसकी कमीज की जेब वृत्ताकार रूप से फूल गई थी। मैं किचकिचाकर टोकने ही वाला था कि उसने ऐसी कातर नजर मुझ पर फेरी कि मन मसोसकर भी चुप रह गया।

अब तक वे काफी सहज हो गए थे। "रिश्तेदारों से क्यों नहीं माँगते?" उन्होंने पूछा।

"सगा भाई तक तो पूछता नहीं—रिश्तेदारों की बात करते हैं!"

“वाह! अपना भाई कुछ न करे और दूसरे भरते रहें—कमाल है!” वे फिर भड़क गए। “खासा बेवकूफ समझ लिया है तुमने...एक पैसा भी नहीं मिलेगा।”

“बिलकुल नहीं मिलेगा!” टाँय-टाँय-सी आवाज गूँजी।

“आप खामखा बिगड़ रहे हैं...मैंने अभी तक तो कुछ माँगा नहीं आपसे।” उसने हेकड़ी से कहा—“बताइए, कुछ माँगा है अभी तक?”

“तो फिर आए क्यों थे?”

“आपका शुक्रिया अदा करने।”

“बहुत अच्छा! वह तुम कर चुके...अब तुम जा सकते हो...अलविदा...!”

वह चुपचाप बैठा रहा।

“अब क्या है?”

“एक छोटी-सी गुजारिश है...” उसने गला साफ किया।

“देखा, आ गए न असली बात पर...” लगा जैसे वे उसकी गर्दन पकड़ लेंगे।

“ना...ना खफा मत होइए...आपकी जेब से कुछ नहीं चाहिए...”—उसने जैसे उन्हें आश्वस्त किया, “आपके तो बड़े कनेक्शन्स हैं...मुझे आप पच्चीस हजार का अंतर्जातीय विवाह इंसेंटिव तो सरकार से दिलवा ही सकते हैं।”

“तुम्हारे निकाह को कितने बरस हो गए?”

“मेरे ख्याल से शायद पंद्रह...दो-चार इधर-उधर और हो गए होंगे।”

“अब मुमकिन नहीं है...तब माँगना चाहिए था।”

“तब जरूरत नहीं महसूस हुई थी। क्या समझते हैं साहब, गैरत वाला आदमी हूँ।”

“अबे तुम्हारी बीवी तो देवशरण बाबू की भानजी है न?” तोता जोर से बिगड़ा। “फिर अंतर्जातीय विवाह कैसे हुआ?”

“एह! आप सीबीआई में अफसर बहाल हुए हैं क्या? वह बौखलाया, ज्यादा बीच में नाक मत घुसेड़िए तो!” तोता सकपका गया।

“चलिए फिर प्रधानमंत्री रोजगार योजना से ही कुछ दिलवा दीजिए—बड़ा एहसान होगा।”

“तुम्हारी उम्र ज्यादा है, नहीं मिल सकता।” वे पिनके।

“ओह, बिलकुल सही कहा—उम्र ज्यादा है तो वृद्धावस्था पेंशन तय करवा दीजिए...”

“देखो! देखो, हद पार कर रहे हो।”

“हद तो दरअसल आप पार कर रहे हैं...” वह अकड़ से बोला, क़भी उम्र ज्यादा है तो कभी उम्र कम, यह क्या बात हुई?

"तुम्हें तो अपंगता वाली पेंशन ले लेनी चाहिए, किसी भी उपाय से।" तोता बीच में कूदा।

"लीजिए, इनको भी सुन लीजिए। जैसे कि मैं नहीं लेता, हह! पर जनाब दो सौ रुपए में क्या होता है, आप ही बता दीजिए...अच्छा छोड़िए, अपने प्रभाव से स्वतंत्रता सेनानी की पेंशन दिलवा दीजिए मुझे—मेरा गुजारा हो जाएगा, आपको भी जब-जब परेशान नहीं करूँगा!"

उनका चेहरा सुर्खाब की तरह लाल होता चला गया। तोता लगभग नीला पड़ गया था। खुद मेरा खून सूख चला था।

"अरे कितनी उम्र है तुम्हारी...आँय? ...चालीस? ...पैंतालीस? ...तुम पैदा भी नहीं हुए थे तब...अबे तब पेट में भी नहीं रहे होगे...दिमाग की चूलें हिल गई हैं तुम्हारी!!"

"उनके मुँह से थूक उड़ रहा था और दो मर्तबा जबान से 'हरामजादे' फिसलते-फिसलते बचा था। कैसे रोका होगा उन्होंने?" मुझे ताज्जुब हुआ।

"तो फिर हजारों को कैसे मिल रहा है? ...यह कहिए कि आप चुक चुके हैं...नाकाबिल हैं...कम से कम यह सब उपदेश तो मत ही झाड़िए।" वह बदतमीजी से बोला, "मिलने को यहाँ क्या कुछ नहीं मिल जाता है साहब! बस, औकात होनी चाहिए!"

हक्के-बक्के से वे उसे देखते रहे। सन्नाटा देर तक लटका रहा।

"क्या चाहिए तुम्हें?" धीरे से उन्होंने पूछा।

"इसे याद रखिएगा...मैंने कुछ नहीं माँगा...आप खुद ही मुझे उकसा रहे हैं...अब तोहमत न लगाइएगा!" उसने निःसंदेह एक बाजी जीत ली थी और अब इस पर खासा इतरा रहा था।

"अबे...आखिर चाहते क्या हो तुम?" तोता बल खा गया।

"सबसे पहले तो मैं नंबर वन करना चाहूँगा!" उसने कानी उँगली ऊपर उठा ली—"इजाजत है?"

दरबान उसे नौकरों वाले टॉयलेट तक पहुँचा आया। मुझे लगातार अचरज हो रहा था कि वे उसे क्यों बर्दाश्त कर रहे हैं! तोता भी कुछ निश्चित नहीं कर पा रहा था। पहले निर्देश प्राप्त करने के इरादे से उनकी तरफ मुखातिब हुआ...पर वे सोच में डूबे हुए थे—आहत से। तब वह अपने आधे गंजे सिर को कुरेदता रहा, फिर अपनी नाक के बाल नोचता रहा।

वे सियासत के अवकाश-प्राप्त शिकारी हैं। तोते पालना उनकी आदत है, नियति है, मजबूरी भी! तीन-चार को तो मैं बखूबी पहचानता हूँ। चौड़े चेहरे व

गहरे रंग वाला बूढ़ा तोता...ऐनक वाला अधेड़ मकाओ तोता-रंग-बिरंगा–"क्या नचनियाँ-सी कमीज डाल लेते हो...जरा भी ड्रेस-सेंस नहीं है!" जब उनका मूड ठीक नहीं होता वे उसकी भड़कीली कमीज पर फटकार देते हैं। पर तोता जरा भी बुरा नहीं मानता। वैसे भी वह हर बात पर हँसने वाला तोता है। एक खद्दरधारी काकातुआ–सुफैद कलगी के साथ,...एक यह जो बैठा हुआ है...और एक वह जो...जाने भी दीजिए–बहुत परिचय हुआ!

"क्या करना है?" मैंने धीरे से पूछा। कुछ देर तक वे अनसुने बने रहे। "देखते हैं।" आखिर में वे बोले। "हद है साहब...हद है।" तोते ने उनका मिजाज परखते हुए अपने को दोहराया था। फिर लाचारी में आँखें मूँद ली थीं।

वह वापस आकर अपनी कुर्सी पर बैठ गया।

उसकी सादी गंदी पतलून की जिप के पास...जंगाए धब्बों के बीच, एक लालछौंही धब्बा और उभर आया था! ...ताजा! बिलकुल ताजा! ...उनके चेहरे पर कुछ अजीब-सी हलचल मची!...फिर उन्होंने खुद को सँभाल लिया!

"बताया था ना...काफी झंझट है।" वह कुछ शरमा रहा था–पहली मर्तबा आतंकित-सा भी लगा। "हाँ, वहाँ का 'सिस्टर्न' टूटा हुआ है...अपने मुलाजिमों का सही ख्याल नहीं रखते हैं आप...ही...ही..."

शायद अपनी घबराहट मिटाने के लिए उसने मजाक से उन्हें छेड़ा जिसे वे साफ पचा गए जबकि उन्हें मजाक बिलकुल पसंद नहीं...खासकर अपनी उम्र से कम वालों का तो वे बर्दाश्त कर ही नहीं सकते। इतना संयम मैं पहली बार देख रहा था।

"ऐ तुम!...दो बाल्टी पानी मार आओ।" वे दरबान पर चिल्लाए। तोते ने कुछ देर से आँखें मूँद रखी थीं–वह हड़बड़ाकर चौकन्ना हो गया।

"पेंशन आपके बस की बात नहीं...मतलब, आपकी मार्फत सरकारी फायदों की उम्मीद करना ही बेकार है! ...न सही...पर कुछ तो ऐसा कर दीजिए कि मेरा काम चल जाए।"

"एक सौ रुपए...बस अब आगे मुँह मत खोलना...इसे लाकर दे दो।" उन्होंने मेरी तरफ नजर घुमाई। वे फिर से कड़क हो गए थे। वह खिन्न-सा देखता रहा– "इतने से क्या होगा?" वह बड़बड़ाया।

"वाकई, इतने में क्या होता है।" मैंने भी सोचा था।

"कोई कर्जा खा रखा है हमने?"

"यह आप पहले कह चुके हैं...खुद को दोहराने से क्या लाभ?" वह ऐसे बोला मानो वक्त पर उसी की चल रही हो–"फिर रहने ही दीजिए।"

"ठीक है, फिर रहने ही दो।" उन्होंने दुनिया देख रखी है...इतनी आसानी से नहीं फाँसा जा सकता उन्हें! मैंने जेब की तरफ बढ़ते हाथों को रोक लिया।

"पाँच सौ...! क्या पाँच सौ नहीं दे सकते मुझे?"

"सवाल ही नहीं उठता।"

"सिर्फ पाँच सौ।"

"किसी कीमत पर नहीं।" वे हठ थाम बैठे थे।

"खुदा के नाम एक बार! ...बस पाँच सौ!!"

देकर छुट्टी क्यों नहीं पाते? ...क्या फर्क पड़ता है? ...इतना वक्त जाया करने से क्या फायदा? ...मैं कुढ़ने लगा था। उसकी उपस्थिति अब बोझिल हो चली थी। कसमसाहट के बीच मैंने यह भी महसूस किया कि वह बड़ा नापाक-सा लगने लगा है। वह जाए तो कुर्सी का कुशन-कवर डेटॉल से धुलवा दूँगा। मैंने सोच लिया था।

"पाँच सौ में क्या बन-बिगड़ जाएगा आपका?...आखिर क्या मजबूरी है?...मुझे भी तो बताइए!" अब कमबख्त हमदर्दी जताने लगा था। काफी देर तक दोनों अड़े रहे।

"तुम्हारी जेब में क्या है? जरा निकालो उसे!" तोता अचानक गर्मी खा गया–"निकालो उसे।"

"इनसे पूछकर तो रखा है।" उसने आहिस्ता-आहिस्ता बिस्किट निकाले– "...पूछकर ही तो रखा है।" उसने मेरी तरफ इशारा किया।

वे बड़ी दिलचस्पी से पूरे नाटक को देख रहे थे। तोता फड़फड़ाए जा रहा था। मैं थोड़ी देर को लड़खड़ा गया था।

"तुम में जरा सा भी आत्मसम्मान...इतनी सी भी प्रतिष्ठा नहीं है।" फिर मैंने इस विषय पर उसे लंबा उपदेश पिलाया।

"तुम चोर हो।" तोता रटता जा रहा था–"चोर...चोर...चोर!"

"चुप्प!" अचानक उसने तेवर बदल दिए–"बिस्किट लिए थे...और इनके सामने लिए थे...सच-सच बोलिए–आपने देखा था कि नहीं?"

"देखा था...तो?"

"फिर!...अभी आत्मसम्मान पर इतना बड़ा लेक्चर झाड़ रहे थे...अब महज चार सड़े बिस्किट के लिए जलील किए जा रहे हैं...बस इतनी सी है आपकी प्रतिष्ठा...चार बिस्किट बराबर?"

मैं शर्मिंदगी महसूस करने लगा था।

"अच्छा, क्यों लिए थे बिस्किट?" उन्होंने रेफरी की भूमिका अख्तियार कर ली।

"बड़ी खौफनाक कहानी है...आपके रोंगटे खड़े हो जाएँगे...रहने दीजिए।" उसने अलिफ लैला सी भूमिका बाँधी।

"ना-ना...तब रहने दो!" उसके फैलाए जाल के प्रति वे कदम-कदम पर सजग थे।

"चलिए, फिर सुना ही देता हूँ...वरना आप भी क्या सोचेंगे...नहीं?" उसने हथियार डालते हुए भी एक वार किया!–यह 'नहीं?' उसने मेरी ओर उछाला था। मुझे जबरन शरीक करने की नीयत से!

"सिर्फ आपकी खातिर..."

मेरे जवाब के लिए रुके बगैर उसने मोटा-सा एहसान मुझ पर लादा।

"कोई समझता नहीं...पर गुर्दे पलटवाने से कोई नतीजा नहीं निकलने वाला...आदमी को बचने के लिए पैसे चाहिए होते हैं...ढेर सारे...ढेरों-ढेर सारे..." उसने आँखें चौड़ी कर ली थीं–"न मेरे पास हैं...न हो सकते हैं...तो सच्चाई यह है साहिबान कि मैंने नहीं पलटवाए...एक दलाल की मार्फत डॉक्टर को पटाकर वजीरे आजम की मदद को आधा-आधा बाँट लिया था! ...मतलब, अब खत्म हो चुके हैं...कसम से...!" उसने टेंटुआ छूते हुए कहा। "अब तो खैर हर तरह से खत्म हो चुका हूँ साहब...बच्चियों के लिए भी...बीवी के लिए भी!"

"फिर भी जीने की हवस खत्म नहीं होती तुम्हारी! ...गजब आदमी हो!" तोते ने मिर्च फोड़ी।

उसने जलती हुई नजरों से ताका, "बजा फरमाया है आपने...बिलकुल दुरुस्त...!" थोड़ी देर तक वह बस इतना ही बोल पाया।

"आपका कोई खबीज की औलाद सा पड़ोसी है?" उसने तोते से पूछा।

"मेरा! ...बिलकुल नहीं...क्यों होगा भला?"

"मेरा है!" उसने कहा–"वह खबीज की औलाद मैदान साफ समझकर बीवी को इशारे करता है, दो-एक दफा हाथ पकड़ते हुए भी देखा है मैंने! ...उसकी आँखों में भी गंदी-सी चमक दौड़ जाती है हरामजादे को देखकर! अब किया क्या जाए...पर मैं भी कम नहीं हूँ! ...ऐसी चालाकी से भरोसा दिलाया है मैंने, कि बेवकूफ समझती है–जल्द ही फिट हो जाऊँगा! ...बेचारी खुद पर काबू पा लेती है! ...पर कब तक? ...दो बेटियाँ हैं...बाजार में चीजें देख-देखकर ललचती रहती हैं...तरसती रहती हैं...अगल-बगल के लुक्कड़-लब्बार चारा फेंकते रहते हैं...कभी आइसक्रीम तो कभी चॉकलेट तो कभी सिनेमा! मेरे बाद क्या होगा नहीं जानता...करूँ तो क्या करूँ...कौन देखेगा मेरे बाद...जीना मेरे लिए मजबूरी बन गई है साहब...मजबूरी बन गई है!" उसने अचानक हिचकियाँ भरी फिर दहाड़

मारकर रोने लगा। उसके होंठ काँपते हुए नीचे को घूम गए थे जिससे अनवरत लार लसरती जा रही थी।

"ज्यादा चालाक न बनो! ...इस कहानी का बिस्किट से क्या लेना-देना है?...फालतू में साहब का समय खराब कर रहे हो...रोने-गाने से कुछ नहीं होने वाला!" तोता भी आक्रामक हो उठा था।

"साले चिड़ी के जने..." वह बिगड़कर खड़ा हो गया, "तुम लोग गलीज-घिनौनी जंग के लिए खजाने खोल डालोगे, ओजोन पर्त की मरम्मत के वास्ते उछल-उछलकर चंदे लुटाओगे, सुदूर देशों के अकाल पर आँसू बहाते फिरोगे...पर अपने अगल-बगल की त्रासदियाँ नहीं दिखाई देती हैं...देखना भी नहीं चाहते...खून की मूत देख लोगे तो साले गाँड फट जाएगी तुम्हारी!..."

तोता और बर्दाश्त नहीं कर पाया। अब तोता भी बड़े खतरनाक इरादे से उठ खड़ा हुआ था। और तोते की काठी देख उसकी पूँ सरक गई थी। हठात् उसने अपनी छाती को थामा और थरथराता हुआ वापिस कुर्सी में भहरा गया। उसने जोर से आँखें मींच ली थीं, साँस रोक डाली थी और जीभ को काफी लंबा निकालकर एक तरफ को लटका लिया था! जैसे मर ही गया हो!

हताश तोते ने जोर से चीख मारी. फिर संरक्षण के लिए उनकी तरफ ताका। "आज या तो यह रहेगा या फिर मैं!" उसने अल्टीमेटम दे डाला।

"पर तुम लुप्तप्राय प्रजाति नहीं हो!" बड़े बेरहम अंदाज में उन्होंने आँखों से ही कह दिया और नजरें फेर लीं।

तोता गर्दन घुमा-घुमाकर देखता रहा फिर अंट-शंट बकता हुआ फड़फड़ाकर उड़ गया। हम दोनों कुछ पल कुर्सी पर पसरी काया को देखते रहे थे। परेशान से!

"चला गया?" उसने एक आँख खोली और धीरे से मुसकरा दिया। न जाने क्यों वे भी न चाहकर भी मुसकरा दिए।

"भगा दिया मैंने।" उसने छाती ठोकी—"साल में बीस-पच्चीस हजार से कम तो क्या खर्च होते होंगे उसके ऊपर! ...और कितने साल होते...सोचिए जरा...मेरा हिस्सा कितना बना? ...दो साल का भी जोड़ें तो पचास हजार! ...हाः-हाः" उसने हाथ मसले थे—"ना ना घबराइए नहीं...यूँ ही बात कर रहा हूँ...इतने रुपए की सोच-सोचकर अच्छा लगता है, बस और क्या...इसमें तो कोई हर्ज नहीं? ...अच्छा लाइए सौ ही दे दीजिए।"

उनके चेहरे पर एक दिव्य संतोष उतर आया—जीत जाने का! "ऐ...इसे पाँच सौ दे दो!"—उन्होंने मुझे फिर एक झटका दिया—"पर तुमने बताया नहीं—बिस्किट क्यों लिए थे?"

"कल छुटकी का जन्मदिन है...उसे दूँगा तो मेरी इज्जत बढ़ जाएगी ना उसके दिल में? ...नहीं क्या?"

बिलकुल झूठ...कैसे संभव है कि कोई अपनी बच्ची के जन्मदिन के लिए बिस्किट चुराकर जेब में ले जाएगा? ...वह भी खुले हुए...कल तक सील नहीं जाएँगे?...सीले बिस्किट जन्मदिन पर बतौर तोहफे के कोई दे सकता है भला? ...झूठ, सरासर झूठ! कायदे से उन्हें भी पिनक जाना चाहिए था। पर वे खामोश रहे और उन्होंने मुझे भी खामोश रहने का इशारा किया था। बादाम चिपके बिस्किट का एक नया पैकेट भी मँगवा दिया, "यह दे देना अपनी तरफ से।" वे धीरे से बोले थे।

"बचा रहा तो फिर आऊँगा।" उसने दाँत चमकाए थे। उन्होंने कुछ नहीं कहा। उसने लंबा सलाम ठोका, बोतल उठाई, फिर आहिस्ता-आहिस्ता चला गया।

"झूठ...सारा कुछ झूठ बोल रहा था...हर किस्सा झूठा था...हमें ठग रहा है...कमबख्त अपनी बीवी को ठग रहा है...अरे इसने तो वजीरे आजम तक को नहीं बख्शा...उन्हें भी चूना लगा गया..."

... "हाँ, और जिसका मुझे कतई अफसोस नहीं है!" उन्होंने मेरी बात पकड़ ली थी–"और तो और यह मौत को भी ठग रहा है...और इंशाअल्लाह, कुछ समय तक ठगता रहेगा!" वे बोलते-बोलते अचानक कहीं खो गए... "पर उससे क्या होगा..." उन्होंने अनंत में झाँकते हुए कहा... "देखना..इसकी बेटियाँ वेश्या हो जाएँगी!" ...वे लाचार से बोले थे। फिर खीजे हुए उन्होंने पीठ खुजाई थी फिर देर तक अपनी छड़ी को यूँ ही फर्श पर ठकठकाते रहे थे।

[इंडिया टुडे साहित्य वार्षिकी–2000, 'समय से संलाप']

गाँठ

समंदर में लहरें नहीं थीं...घरघराती छलक तक नहीं! कोई क्षितिज नहीं,... जल-पक्षियों की क्केंऽऽ क्केंऽऽ भी नहीं! अनंत स्याह...बिलकुल स्थिर।

जहाँ-तहाँ, अँधेरी सतह से उठते सफेद कुहासे के सुस्त बगूले कुछ पल भटकते फिर जाने कहाँ गुम जाते।

एक चमकीली लकीर! ...उजाले की थरथराती दुनिया की हद पर...सरहद की तरह! ...उसी संधिरेखा पर असमंजस में पड़ी वह देर तक खड़ी रही।

नथुनों में अजीब-सी गंध समाई...मीठी-कड़वी-तीखी...अजीब सी! बदमिजाज मौसम की नहीं...सूखती मछलियों की नहीं...और उसे नहीं मालूम खारे पानी की गंध कैसी होती है...पर खारे पानी की गंध तो बिलकुल भी नहीं.

“थोड़ी देर बातें करो...फिर चली जाऊँगी...!” उसने स्याह शून्य में नजर दौड़ाई–“बस थोड़ी देर।”

चमकीली लकीर के पीछे से एक चेहरा उभरा। गंभीर, विरक्त, बुझा हुआ...डॉक्टर का चेहरा।

“ऐसे मुर्दा से क्यों ताक रहे हो...कितना कुछ कहना है तुमसे...नहीं गाँठें कैसे खुलेंगी?” उसने डॉक्टर को उकसाया।

“पहले थोड़ा बढ़ो तो सही।” डॉक्टर उतावला हो रहा था।

“चलो...ठीक है।” उसने पैर बढ़ाया और काले सागर में एक कदम उतर गई। “अच्छा बताओ मैं कौन हूँ?”

“क्या बेतुकी बात है।” डॉक्टर खिन्न-सा बोला।

“नहीं जानते ना कौन हूँ...बताऊँ-डायन हूँ मैं!” रहस्यमयी आवाज में वह बोली और धीरे से मुसकरा दी।

काफी देर तक वह मरी हुई-सी पड़ी रही। उसे पता है...उसमें से बास आ रही होगी। बिनघुले बालों की तीखी-सी...पसीने की तेजाब-सी...चेहरे पर

चिपचिपाती चिकनाई की बिसाइंध-सी...और बासी पपड़िआए मुँह से खट्टी-कड़वी दुर्गंध!

पर वह करे क्या? ...साबुन-मंजन-कंघी-पाउडर सब पर रोक है। उसका साफ-सुथरा रहना, सँवरना बेहयाई माना जाएगा। महीना भर पहले आदमी मरा है...सादे पानी से नहाने पर पाबंदी नहीं...दसवें दिन जबरन नहाई भी थी...उसके बाद से मन नहीं किया था। एक जोड़ा आँखें उस पर कड़ी नजर रखती हैं...कब...क्या पता कब कोई ऊँच-नीच हो जाए। सबसे निरापद है मरी हुई-सी पड़ी रहना।

उसने चिपचिपाते चेहरे पर पक आए बड़े से मुहासे को आहिस्ता से छेड़ा। तलब उठी कि पिच्च से उसे फोड़ डाले...पर फिर उसे वैसा ही टिसता छोड़ दिया। चोरी से इधर-उधर देखती उठी। अलमारी में छुपाए आईने को निकाला और खुद को घूरती रही...घूरती रही...घूरती रही।

उसे एकबारगी महसूस हुआ कि उमसती गर्मी, धूल और भिनभिनाती मक्खियों के बीच वह भी भिनक रही है...कि एक सड़ती हुई मछली में तबदील हो गई है वह!

सधी-दबी पदचाप ने हवा को आहिस्ता से छेड़ा। उसने झटपट आईने को वापस छिपा दिया, फिर चौकन्नी-सी अपनी चटाई पर पीठ फेर सरक गई और हुहुआते संगीत की तरह धीरे-धीरे बजने-बिसुरने लगी।

आहट भिड़े दरवाजे पर आकर ठहर गई। उसे पता है—झिर्री से एक जोड़ा निगाहें उसे भाँप रही होंगी...दो कान उसे ताड़ रहे होंगे। पीठ में कुछ चुभता-सा महसूस हुआ। ...फिर दबाव हट गया। जाने-पहचाने सधे कदमों की आहट आहिस्ता-आहिस्ता दूर होती चली गई।

नहीं, इन आहटों के साथ कोई कर्कश स्वर नहीं गूँजता—"डायन...साल भर में बउआ जी को खा गई...लील गई रे पिसाचिन...!" ...ऐसा तो कोई नहीं बोलता। ...पर उसे सुनाई देता है! बहरहाल, अब वह चुप होकर गले को आराम दे सकती है।

कोई बोले-न-बोले...फर्क नहीं पड़ता। वह डायन है...यह उसे बचपन से पता है!

हालाँकि पेट में ही थी, जब दादा को साँप डस गया था—शौच के वक्त!...गाँव भर के मजाक में तबदील हो गए हैं दादा। भगवान उनकी आत्मा को शांति दे!

कुछ बोलने-समझने लगी तो बड़बड़ाती बुढ़िया दादी से पहली बार जाना—वह डायन है! ...भगवान उनकी आत्मा को भी शांति दें!

ग्यारहवें साल बाप का कत्ल हो गया। तब तक मालिक अगड़े थे। और उस पर इंकलाब का भूत सवार था। पार्टी बल प्रयोग में उसका भरपूर इस्तेमाल करती थी। पार्टी उसे गुलाम से मालिक बनाने का ख़्वाब दिखाती थी। वह कम्युनिस्ट था और मालिक बनने के सपने पालता था।

आज तो मालिक अगड़े नहीं...फिर भी न जाने क्यों?

...मालिक रहेगा तो कोई गुलाम भी तो रहेगा! उसे जाने कैसे सूझा था!

“सब लोग जमींदार काहे बनना चाहते हो? ...फिर जुलुम कैसे मिटेगा? लड़ाई कैसे खतम होगी?” ...इस मूर्खता पर आदमी ने कसकर लातें मारी थीं। भद्दी गालियाँ बकी थीं...फिर रिवाल्वर लेकर फटफटिया से गाँव की ओर निकल गया था। “भोंसड़ी के..जरा-सा में समझ लिए थे कि पावर चला गया है! ...बहनचोऽ बाभन के सह पर अगरा रहे थे? ...अब बोलो!”

शाम तक उसकी लाश घर पर आ गई थी। पीली, अकड़ी, रक्तविहीन...जैसे कच्ची मिट्टी का पुतला हो। बेशक, वह दुर्भाग्य लाती है।

लाश दुसाधों के घर भी गई थी। वैसी ही पीली...वैसी ही रक्तविहीन!

जलती-दरकी धरती सारा लहू सोखती जा रही है...फिर भी प्यासी है।

‘छन्नऽऽऽ’ से उसकी तंद्रा टूटी। चौके में आलू की भुजिया छौंकी गई है। फोड़न की लाल मिर्च की गंध! एकबारगी उसकी भूख उछल आई। जलती ऐंठती भूख! नर्म अरहर की दाल, भात, आलू की ऐसी ही भुजिया और आम का अचार...इतना-सा घी भी...भरपेट...भरपेट!!

किससे बोले?...कैसे बोले? कौन सुनेगा!

खाने के लिए उसको कुछ उबला-सा दे देती है। उसमें भी प्रतिष्ठा के नाम पर थोड़ा छोड़ना जरूरी है। खाने में रुचि दिखाना कितना खतरनाक है। वह बदचलन कही जा सकती है।

जोरों से रोना आया...सचमुच का। भूख से...अपनी किस्मत पर।

“सधवा मरने वाली बड़ी भागवान् होती है!” कभी-कभी माँ बिलखकर कहती थी। जरूर उसने अपनी माँ से सुना होगा...जिसने अपनी माँ से और जिसने कि अपनी माँ से...! फिर चाचा ने माँ को रख लिया। अब तो खैर बूढ़ी हो चली है। उसे भी कन्या विद्यालय में पढ़ा-लिखा दिया। खाते-पीते घर में ब्याह दिया। हमेशा के लिए छुट्टी हुई!

माँ ठीक ही कहती थी...ना, ना, ‘थी’ क्यों? वह तो अभी भी है, पर कहाँ है? ...सुनकर चाचा आए थे। तेरहवीं में भी दिखे। पर उसे ले जाने की चर्चा तक न छेड़ी। नातेदारों की तरह वापस चले गए. आखिर माँ है कहाँ?

सुना है पहले विधवाओं को पकड़-बाँधकर जबरन सती कर देते थे। वही अच्छा था। इस तरह तिल-तिल मरने से तो बहुत अच्छा था।

उसके आदमी की सिगरेट की डिबिया और माचिस तिपाई पर वैसी ही पड़ी थी। उसने माचिस से तीली निकाली और मसाले वाले सिरे पर रगड़ डाली।

"तिल-तिल मरने से तो अच्छा था।" वह बुदबुदाई और भभकती लौ को उँगलियों से पकड़ लिया।

हाथ ने एक जुंबिश ली। बेसाख्ता एक चीख उछली, जिसे मुश्किल से उसने दबाया। उँगलियों के पोरों पर पीला-काला नीला-हरा-सा दाग... बारूदी लपट का...मोटी खाल के छोटे से हिस्से में तरह-तरह के रंग उतर आए थे।

उसने पानी के गिलास में उँगलियाँ डुबो दीं।

"ना ना...सती होना कहीं से भी ठीक नहीं था...कहीं से भी नहीं...!" उसके पूरे बदन में देर तक झुरझुरी दौड़ती रही थी।

"मामूली-सा जला होगा! ...कोई दाग तक नहीं है।" ...डॉक्टर ने उँगलियों पर से नजर हटा ली। "लंबा खींच रही हो...जल्दी-जल्दी बोलो।" डॉक्टर ने गहरी जम्हाई भरी और खुले मुँह के आगे चुटकियाँ बजाता रहा।

"दाग तो इतना गहरा है...न मालूम तुम्हें क्यों नहीं दिखता।"...उसने अपना हाथ सामने से हटा लिया।

"बोरियत भरा किस्सा है...बिलकुल आम...कुछ चटपटा-सा सुनाओ"...ऊब की मोटी पर्त में उसका चेहरा डूब गया था। आँखें बोझिल हो चली थीं। डॉक्टर ने फिर एक गहरी जम्हाई भरी। "और जरा सा बढ़ो भी!"

उसने सागर में एक कदम और बढ़ाया। टखनों तक उतर आई। सब कुछ पहले से हलका महसूस हो रहा था।

"मीता को जानते हो?"

"कौन मीता?" डॉक्टर अचानक चौकन्ना हो गया।

"टीवी वाली मीता...बड़े से घर में अकेली रहती है। ...बड़ी-बड़ी बातें करती है...बेधड़क सिगरेट पीती है...शराब भी। बहुत साहसी है मीता...आदमी ने हाथ चलाया तो उसने भी चाँटा मारा। आदमी ने तेवर दिखाए तो उसने भी कहीं यारी कर ली...पता है...सब कुछ होता था यार के साथ...सब कुछ!" वह मुँह दबाकर खिलखिलाई। "मेरा भी मन करता है...दोस्ती करने का...बहुत मन

करता है...कोई बोले मुझसे...देर तक सुने...मुझको छुए!" उसने डॉक्टर की हथेली भींच ली।

"तो कर डालो...सब कुछ...मीता की तरह!" डॉक्टर ने जोर लगाकर हथेली छुड़ा ली। अब वह बिलकुल जलनखुट्टा-सा लग रहा था।

"की तो थी कोशिश!" उसने आँखों में झाँका। डॉक्टर सकपका गया।

भिड़के दरवाजे के बाहर से टी.वी. की आवाज आ रही है। अगले कई महीनों तक देखना नितांत अशोभनीय माना जाएगा...शायद सालों तक! अब मीता का क्या होगा?...उसके बारे में आगे कुछ भी पता नहीं चलेगा। क्या कुछ भी नहीं?

वह एक गैर जरूरी चीज है। अपने आदमी के लिए शुरू से ही रही। फिर भी खाने-पहनने हँसने-बोलने पर तो रोक नहीं थी। अब किससे बोले–जेठानी उससे नफरत करती है। पता नहीं क्यों! ...नहीं, उसे पता है क्यों! ...जेठ से पर्दा है। बीते कुछ सालों में राजनीतिक हैसियत बदल गई है। सामाजिक भी। धन बढ़ा है। और साथ-साथ वह पर्दा भी खिंचता जा रहा है जो पहले की कोठियों-हवेलियों के भीतर टँगा करता था। दो भतीजे हैं, छह-आठ बरस के–उसके नजदीक नहीं फटकते। घर में नौकर नहीं हैं। दाई है...पर उसकी नहीं...जेठानी की है। चुगलखोर। आने-जाने वालियाँ उसे देख मिनट भर दहाड़ मार बगैर आँसुओं के रोती हैं फिर जेठानी से घंटे भर खुसुर-फुसुर करके चली जाती हैं। वह साल भर पहले ही तो आई थी। न कोई सहेली, न कोई रिश्तेदार। कोई बात करने वाला नहीं। किससे बोले मन की बात? भूख, प्यास, लालच किससे बाँटे?

सीने में टीस उठ रही थी। माथा फट रहा था। पहले उसने माथा कूटा... फिर फफकने लगी। बिलखते सीने को हथेली से दबाया।

पहली बार तभी कड़ा-कड़ा-सा महसूस हुआ था। बाईं तरफ...गाँठ-सा कुछ कड़ा-कड़ा। वह घबराई...क्या है? अजीब-सा..पहले ऐसा कुछ कभी नहीं हुआ...पर गर्मी कितनी है और वह कबसे नहाई नहीं...साबुन नहीं लगाया... शायद इसी वजह से! उमस...पसीना और चिपचिपाहट!

"जानते हो...मीता को कभी पसीना नहीं आता...उसका घर ठंडा रहता है...झकझकाता साफ-सुथरा...करीने से सजा हुआ। ...पर...इतने पैसे कहाँ से लाती है वह? ...आदमी से अलग रहती है...फिर कहाँ से?" वह अचानक सोच में डूब गई।

"मुझे पता है कहाँ से...यह कोई बात नहीं हुई...तुम बेवक्त किस्सा बदल देती हो...इतना वक्त किसके पास धरा है?" डॉक्टर घड़ी देखते हुए झल्लाया।

"...काश कि मेरे पास भी होते...उतने नहीं थोड़े कम ही सही...पैसे बहुत जरूरी होते हैं!...साँसों से भी ज्यादा जरूरी!" डॉक्टर का खिजिआया चेहरा देख वह अचानक चौंकी...

"क्या कह रही थी मैं...?"

दाई जा चुकी है...साँझ को आएगी। बच्चे स्कूल! जेठ को दुनिया भर के काम हैं। थाना-पुलिस, कोर्ट-कचहरी, ठीका-पट्टा, राजनीति, खेती भी। वह घर पर कम ही रहता है। जेठानी छत पर नहा रही है। गाँव से बस दो कोस पर है शहर। कुछ सालों में बढ़ती हुई है तो यहाँ पक्का घर बन गया है। पर जेठानी को छोटे से बाथरूम में घुटन महसूस होती है...उसे खुला आसमान चाहिए। मोहल्ले में नीचे जगह कहाँ? वह देर तक छत पर ही निपटती है...मुंडेर की ओट लेकर...सब कुछ वहीं पर...छिः!

माना कि चाचा के घर मीता जैसा चमचमाता बाथरूम नहीं है। फट्टे वाला चीकट दरवाजा नीचे से पानी खा-खाकर गलता जा रहा है। दीवारों पर सीलन है, मोटी टाँगों वाले बड़े-बड़े मकड़े रेंगते रहते हैं...फर्श पर काई है और छिपकली की गंद बिखरी रहती है...फिर भी उसे बाथरूम इस्तेमाल करना आता है!

उसने अलमारी से मंजन निकाला। साबुन की बट्टी निकाली। अकेला साबुन...और छोटे से बाथरूम में चोरी से निपट ली। नासपीटी बट्टी एक ही बार में कितनी घिस गई थी! एहतियात से सुखाकर उसे वापस कागज में मोड़ा और दबे पाँव अपनी कोठरी में सरक आई।

हफ्तों बाद उसने कपड़े बदले थे। उसे राहत महसूस हुई। बालों को उसने बिखरा, जट पड़ा ही छोड़ दिया। महारानी जी को पता न चल जाए! पंखे की हवा में सब कुछ अच्छा लग रहा था। धीरे-धीरे झपकी आई। फिर गहरी मीठी नींद! देर तक वह मरी हुई-सी पड़ी रही।

"अगले दिन उस कुतिया से बचकर चौके में भी चली गई थी। खाना चुरा लाई थी मैं।"

"कुतिया कौन?"

"वही कमीनी कुतिया..उसकी भौजी...मेरी जेठानी! ...और कौन?"

"ऐ गंदी बात नहीं बोलते...नहीं बोलते!" ...डॉक्टर ने झिड़का।

"गंदो! ...यह कहाँ गंदी है...मुझे वैसी गालियाँ भी आती हैं...सुनाऊँ? बुरजरनी! ...इससे भी गंदी सुनाऊँ?"

"ईऽऽकूऽऽ" डॉक्टर की चीख निकली। उसका चेहरा लाल पड़ गया था। कलेजा इतनी जोर से बज रहा था कि आवाज दूर तक गूँज रही थी–धक-धक धड़क्!...धक-धक धड़क्!

"तुम्हें क्या हो गया?...तुमको थोड़े बोल रही हूँ...उसको...उसे कभी बोल नहीं पाई ना...आज कहकर हलका लग रहा है...उसका आदमी...भकचोंधरा उल्लू-गधा...अंधे को कुछ दिखता नहीं था...या क्या पता...देखकर भी चुप रहता होगा..."

"अचानक क्या हो गया है तुम्हें?" डॉक्टर की पेशानी पर पसीना छलक आया था। वह नर्वस-सा उसकी नब्ज जाँचने लगा।

"दो मर्तबा उसके कमरे से निकलते पाया था अपने आदमी को...जेठ के पीछे...देर रात में।"

"तो उससे क्या?" डॉक्टर सँभल चुका था...उसने कुढ़कर कहा। "फालतू का पचड़ा लिए बैठी हो...कुछ देखा भी तुमने?"

"नहींऽऽ!! पर चोर का चेहरा सब कुछ बोल देता है ना..."

"मुझे क्या पता? ...वैसे तुम्हारा मन करे तो सब ठीक! जेठानी का कर गया तो वह कुतिया...और जाने क्या-क्या हो गई? ...वाह!"

"फिर मुझे इस घर में लाने की जरूरत क्या थी?" वह गुस्से से बोली, "भरा बदन–कसा हुआ है मुझसे...छिनाल आँखें...करमजली दो बच्चों की माँ है...फिर भी...मेरा आदमी...मुझे छूता तक नहीं था...और उसे देख कैसे चेहरा दमकने लगता था उसका।"

"नहीं छूता होगा। उसकी मर्जी...तुम लोग जानो...मुझे क्या..." डॉक्टर ने कंधे उचकाए। "बहुत हुई बकवास...अब आगे बढ़ो...आगे!" उसने रुखाई से कहा।

"ऐ–तमीज से बात करो..." उसका चेहरा तमतमा गया, "जानते हो कौन हूँ? ...डायन...दुर्भाग्य लाती हूँ...ढंग से बात करो वर्ना पछताओगे... बर्बाद हो जाओगे...और तुम! ...पीछे हटो तुम भी!" उसने समंदर को जोर से डाँटा।

समंदर घबराकर दो कदम पीछे हट गया। डॉक्टर कुछ पल को बगलें झाँकता रहा। वह एकबारगी धुंध से उतरा गई थी।

"हुँह—बड़ी ताकतवर बनी फिरती हो...उसका क्या बिगाड़ लिया तुमने... अपनी जेठानी का...कौन-सा दुर्भाग्य ले आई उस पर...बोलो?" जले-भुने डॉक्टर ने ताना मारा। समंदर भी देर तक प्रतिध्वनियाँ फेंकता रहा। बोलोऽ... बोलोऽ... बोलोऽ।

"अरेऽ...तो मेरे आदमी के मरने से मुझसे अधिक किस्मत तो उसी की फूटी ना...?" वह धीरे से फुसफुसाई।

आईना फिर उसके हाथ में है। मुहाँसा सूख चला है। ब्लाउज हटाकर छुआ—गाँठ मुरझाई-सी लगी। यह भी ठीक हो रही है...उसने गहरी साँस छोड़ी। दिल में गाँठ तो जाने कब से बन रही है...बाहर से महसूस आज हुआ है...

ऐसे कैसे जिंदगी कटेगी? ...उसकी जात में दुबारा शादियाँ होती रही हैं...पर यहाँ के रिवाज बदल गए हैं। बदली सत्ता ने भी हवेलियों को ही जन्म दिया है... नरभक्षी पिशाच को एक और ठिकाना मिल गया है...पर क्यों?...पिता रहते तो बता सकते थे...जाने क्या-क्या बकते थे उसके सामने। वर्ग-संघर्ष... क्रांति...सर्वहारा...और जाने क्या-क्या। कुछ याद है—बाकी सब भूल गई है। ...बहुत मानते थे उसे...उसके सामने...मजाल थी जो कोई उसे कुछ बोले दे! ...दादी तक को झिड़क देते थे—फालतू बात पर!

पिता की सूरत याद करने की उसने लाख कोशिश की, पर चेहरा साफ नहीं मिला। बीते समय के साथ-साथ वह भी बिसरता जा रहा है...!

खैर, उसकी जगह मीता क्या करती? ऐसे में क्या कर पाती मीता? उसने सोचा। वह काफी देर तक अटकलें लगाती रही। पर कोई उत्तर नहीं मिला।

कोई बच्चा ही होता—उसी के सहारे कट जाती जिंदगी...या क्या पता!... कैसे कटेगी जिंदगी?

अचानक लगा, उसका ब्लाउज बाईं तरफ से गीला हो रहा है। ...सचमुच...कुछ रिस रहा था। सफेद ब्लाउज पर एक भीगा धब्बा उभर आया। बच्चे के बारे में सोचने भर से?...वह अचरज में पड़ी देखती रही। पहली मर्तबा उसने उसे दैवीय चमत्कार समझा था।

एक गीली असहज अनुभूति ने उसे बेवक्त जगा दिया है। फिर कुछ रिस रहा है। उसने खिड़की खोली। भीगी हवा का झोंका आया। कहीं दूर से बारिश की गंध लिए। एकाकीपन से भरी गंध। क्षितिज रह-रहकर कौंध रहा है। हलकी गहरी घरघराहट! ...रात की कालिख बढ़ती जा रही है...अब बादलों ने सितारों को ढक लिया है...चाँद को निगलने की तैयारी चल रही है। क्या बजा होगा?

...दो से कम तो क्या बजा होगा। बिजली नदारद है। उसने उँगलियाँ बचाते तीली जलाई और थरथराती लौ को मोमबत्ती पर चिपका दिया।

पहले लगा, उसका भ्रम है। छिछोरे प्रकाश का छिछोरापन! सफेद ब्लाउज पर धब्बा रंग लिए दिखा था...लाल-सा। उसने आँखें मसलीं, कैसे हो सकता है? उसने खुद को टटोला...गाँठ अपनी जगह बरकरार थी। आखिर यह सब क्या हो रहा है? वह इस गुत्थी का आसान निरापद-सा उत्तर खोजती रही...खोजती रही...खोजती रही...

सवेरे तक वह काफी घबरा चुकी थी। किससे बोले? सबसे कह भी नहीं सकती...उस जगह के बारे में सबसे कह भी तो नहीं सकती। ...दाई से! पर वह उसे मजाक में बदल दे सकती है...उसके दादा की तरह...या फिर तरह-तरह की अफवाहें...क्या करे वह...किससे बोले? और कोई दिखता भी तो नहीं!

पर, दिन भर बारिश पगलाई-सी हवा में फुहारें उड़ाती रही—सड़कों मैदानों पर हरामियों से छींटे फोड़ती रही। दाई उस दिन नहीं आई। अगले दिन भी नहीं।

"तीन दिनों के बाद ही बोल सकी थी मैं। यह किसकी गलती मानी जाएगी?"

"ना-ना, अब कोई इधर-उधर बात नहीं! तुम बाहर क्यों निकली...क्यों निकली बाहर?" डॉक्टर हाथ झटक-झटककर नाचता रहा।

"मैं कहाँ निकली—यही मुआ पीछे हट गया था।" उसने समंदर पर मढ़ दिया।

"झूठ—बिलकुल झूठ...अब कोई किस्सा नहीं!"

"अच्छा बाबा...यह लो।" वह कमर तक समा गई...

"अब बोलूँ? ...तीन दिनों के बाद कह पाई थी। किसकी गलती मानी जाएगी?"

"तुम्हारी..."

"मेरी क्यों? ...कोई क्या कर लेता ऐसे में?"

"अच्छा बाबा तुम्हारे घर वालों की गलती थी...अब खुश!"

"हूँऽ...याद है पहली बारी तुमने जबरदस्त झाड़ पिलाई थी उन्हें...मुझे सचमुच बहुत अच्छा लगा था। मुँह लटक गया था दोनों का...पर सच कहूँ, अकेले उनका भी नहीं...दोष सबका है...सबका...पूरी धरती का।"

"मीता का खासा असर पड़ा है तुम पर।" डॉक्टर ने ठुड्डी खुजाई थी।

दाई ने देखा—अश्लील से सवाल पूछे। फिर अपनी मालकिन को खबर दी। वह तेवर चढ़ाए आई। देखा, "कुछ भी तो नहीं है।" वह झुँझलाई। हल्दी लेपने की सलाह देकर चली गई।

चंद दिनों में गाँठ वाली जगह पर हलकी-सी सूजन आ गई थी। उसने महसूस किया—भीतर में नई-नई गाँठें जन्मने लगी हैं। दो...नहीं...तीन...हाँ तीन नई गाँठें।

खौफ उसको निगलता जा रहा है—उसकी इच्छा हो रही है—सड़कों पर चीखती हुई दौड़ पड़े...या फिर उघाड़कर सबको अपनी हालत दिखा दे। क्या होगा? हंगामा मचेगा...जेठानी माथा नोचेगी-उसे जली-कटी सुनाएगी...ज्यादा-से-ज्यादा घर से निकाल ही देगी ना...क्या होगा!! पर...फिर वह कहाँ जाएगी?

ऐसा कुछ नहीं कर पाई वह। अगली सुबह सुबकते-बिसूरते पहुँची और उसे दिखाया। जेठानी ने नाक-भौं सिकोड़े जरूर, पर उसे जनाना डॉक्टर के पास ले गई।

लेडी डॉक्टर भारी बदमिजाज थी। बड़ा खौफ था उसका। उसके कंपाउंडर ने फीस पहले ही जमा करा ली। पचास रुपए और तीन घंटे लंबी लाइन के बाद डॉक्टरनी ने देखा। बोली—"अब होश आया है...ईडियट...अभी कुछ दिन और सोती...मेरे बस का नहीं बचा है...दूसरे डॉक्टर साहब के पास जाना होगा।"

"त का अब मरद डॉक्टर इसका चूची पकड़ेगा?" जेठानी भौंचक्की ताक रही थी। सुनकर उसे न जाने क्यों बहुत अच्छा लगा था। "ई कैसे होगा...आप जर्राहिन हैं कि डॉक्टरनी हैं?...फिर दवाई काहे नहीं देती हैं।" जेठानी तिलमिलाई। लेडी डॉक्टर ने ठंडी निगाहों से देखा। बड़े डॉक्टर के नाम से पर्चा काटा और दूसरे मरीज को बुलाने के लिए घंटी बजा दी।

"फीस कौन बात का ली थी?" जेठानी बिगड़ी। बाहर आकर कंपाउंडर से खूब लड़ी। जबरदस्त हंगामा मचा। बात गाली-गलौज तक उतर आई। अंत में कंपाउंडर का कॉलर उधेड़ते हुए पचास रुपए वसूल ही लिए थे उसने।

वह सहमी-सिमटी-सी सारा नाटक देखती रही। रेऽ बाप, इस औरत से पार पाना उसके बूते का नहीं है...किसी को कुछ समझती ही नहीं! उसका कलेजा गल गया था। जबान का ताला और भारी हो उठा। ना, इस औरत से पार पाना उसके बूते का नहीं है।

जेठ ने चाचा को चिट्ठी लिखी। आज जवाब आया है...लिखा है—"अब आपके घर की लड़की है...जैसा उचित लगे, वैसा ही कीजिए।" मतलब, अब उन्हें कोई मतलब नहीं है।

वह कुछ बोल नहीं पाती। एक ही उपाय है उसके पास..बिसूरते रहना... बड़ी-बड़ी कातर आँखों से टप-टप देखना...शायद किसी की दया जाग जाए। कलेजे में आग भभकती है—और जबान पर ताला है। उसकी आह लगेगी जरूर— ...देर-सवेर, लेकिन बच नहीं सकता कोई। उसे पूरा भरोसा है!

चुपचाप रोना-बिसूरना...और शापना—कुछ भी काम नहीं आया।

मरद डॉक्टर के पास ले जाने को कोई तैयार नहीं है...जनाना डॉक्टर इसका इलाज करेगी नहीं। फिर वह क्या करे? एक छाया भर की हैसियत है उसकी। जो है भी और नहीं भी है।

क्या किया था मीता ने—जब शुरू-शुरू में कोई भाव नहीं देता था उसको? ...जब सब उसे झिड़क देते थे-"चुप रहो।"... "तुम नहीं जानती।"... "तुम्हें क्या पता।"... "ऐसे नहीं, ऐसे करते हैं।" ...जब मीता अपनी मर्जी से एक कदम नहीं बढ़ा सकती थी। जब एक छाया भर रह गई थी मीता!

तब पेट से थी मीता। क्या किया था उसने? ...नहीं-नहीं—वह तो ऐसा सोच भी नहीं सकती थी। कभी नहीं!

जो नहाने का हौदा होता है—उसी में झाग के बीच लेटी हुई मीता! ...गर्म पानी में बिना झाग के लेटी हुई मीता! ...हाथ में कैंची...फिर टाँगों के बीच से रक्त की धार। आहिस्ता-आहिस्ता...पानी में गोल चक्कर काटती हुई...टेढ़े-मेढ़े छल्ले बनाती हुई!...उसने चीखकर आँखें मूँद ली थीं।

"तो इस तरह किया था उसने?"...डॉक्टर रुआँसा-सा बोला। चेहरे पर गहरी उदासी छा गई थी। होंठों के किनारे थरथराने लगे—"जानती हो—लड़का था!...क्या इसे उचित कहोगी तुम?"

"नहींऽऽ...पर तुम क्यों दुखी होते हो? उसने जैसा ठीक समझा, किया। उसका जवाब भी है उसके पास! ...उसकी लड़ाई है...और मीता हमेशा जीतती है।"

"फिर शराब क्यों पीती है?"

"मरद लोग नहीं पीते क्या?"

"नशे की गोलियाँ क्यों खाती है?"

"नशे की गोलियाँ!!...वह कब खाई उसने?"

"नहीं खाई तो आगे जरूर खाएगी...एल एस डी, स्मैक सब पिएगी! छिपकली जलाकर चाटेगी—धंधे पर बैठ जाएगी...गंदी लड़की है मीता...आवारा, मुँहजोर, रंडी..." डॉक्टर एकदम आपे से बाहर हो गया था—"बंद करो उसकी बात! फिर उसका नाम न लेना मेरे आगे।"

उसे बिलकुल अच्छा नहीं लगा—पर चुप रही। न हाँ...न ना।

"खैर...तुम अपनी सुनाओ..."

डॉक्टर ने खुद पर काबू पाया—"फिर तुमने क्या किया?"

"मैंने बहुत सोचा...नीचे से भैंस बाँधने की रस्सी लाई...फंदा बनाकर पंखे से लटका दिया और इंतजार करती रही...उसकी आहट सुनी तो कुर्सी लगाकर चढ़ गई...चीख निकल गई थी उसकी। मैं गाती जा रही थी...मत रोको दीदी—अब जाने दो मुझको...! वह चिचिआती जा रही थी—सुअरिआ की तरह!"

आखिर झक मारकर उसको ले गए दोनों—डॉक्टर के यहाँ। जब जाँच के लिए बुलाया, दोनों मियाँ-बीवी कमरे में घुसे चले आते थे। जेठ दरवाजे पर—जेठानी बिस्तर के नजदीक—कैसी जबरदस्त झाड़ पिलाई थी डॉक्टर ने—इतना-सा मुँह हो गया था दोनों का। पहले उसे भी डर लगा। पर कितने तरीके से बातें की उसने। धीरे-धीरे अपनेपन से सवाल पूछता रहा। बिना टोके उसकी इधर-उधर की सुनता रहा था। उसको एकबारगी लगा था वह उसको सुनता रहे...उससे बोले...छुए उसको!

जाँच के वक्त...जाँच के वक्त खुद को रोक नहीं पाई। बेसाख्ता उसकी हथेलियों ने डॉक्टर का हाथ छाती पर कस लिया था। आँखों में याचना थी। पर डॉक्टर के हाथ सर्द हो गए। उसने धीरे से छुड़ा लिया। वह जड़-सी देखती रही—फिर जाने कहाँ से आँखों में आँसू लटक आए। काफी देर तक सब कुछ झिलमिलाता रहा।

डॉक्टर ने भी उदास नजरों से उसे ताका था! या फिर उसका भ्रम रहा होगा।

"यहाँ आकर बैठ जाओ।" डॉक्टर ने बिना उसकी तरफ देखे धीरे से कहा। कागज पर कुछ-कुछ लिखता रहा।

उसका चेहरा बहुत गंभीर था।

"वह तुम्हारा जेठ है न?"

"हाँ...आदमी मर गया है।" गर्दन हिलाते उसने जोड़ा।

"फिर उसी से बात करनी पड़ेगी।"

"क्यों?" वह आशंकित-सी देखती रही। "कैसी बात?"

"नहीं! वह सब नहीं..." उसने ढाढ़स बँधाया—"तुरंत ऑपरेशन करना पड़ेगा।" डॉक्टर ने फिर उसे बिना देखे ही कहा था।

क्या होगा? ...उसे नहीं पता! पता नहीं—बचेगी कि नहीं! आखिर संदेह ठीक निकला...उसे कुछ गंभीर हुआ है! ...कल ही ऑपरेशन होगा—आगे का ठीक-ठीक

नहीं जानती...शायद सिंकाई होती है...सारे बाल उड़ जाते हैं...अगर ऑपरेशन में बच गई तब!...बच भी गई तो क्या औरत बचेगी? ...कटी-कुरूप-बेलचट डायन-सी! ...विक्षिप्त-सी हँसी ने सन्नाटे को तोड़ा–फिर रात ने सिसकियाँ भरी थी।

क्या होगा...किससे पूछे? किससे बोले...सब मुँह सिए बैठे हैं...खर्चा काट रहा है सबको–गड़ रहा है...शायद! वैसे भी इस घर में अजनबी है वह!...नीचे बँधी पगुराती भैंसें उसे नहीं पहचानतीं...चोर बिलाई उसे देख पल भर को भी नहीं ठिठकती!! ...दीवार पर ताका-सफेद मोटी छिपकली जरा-सा सरकी...वह भी बेगानी है! ...उसके अपने घर की पूँछकट्टी चितकबरी...राम-राम कैसी घिनघिनाती थी वह–पर आज वह अपनी-सी याद आई!

क्या किसी से नहीं कह पाएगी?...मन की सारी बातें मन में रह जाएँगी? ...चुपचाप खतम हो जाएगी? क्या होता है मरने के बाद!...

...नहीं एक मौका है! ...कल आपरेशन के पहले डॉक्टर से कहेगी...सब कुछ कह डालेगी! ...पर खुद पर काबू क्यों खो बैठी थी? ...तो क्या हुआ! ...डॉक्टर भला आदमी है!–सब समझता है! ...जरूर बचा लेगा...!

"काफी देर हो गई है!" डॉक्टर को जेठ से कहते उसने सुन लिया था...माना, देरी हो गई है–तो उससे क्या? ...पर देर क्यों हो गई है? ...उसकी दबी हुई चिढ़ धीरे-धीरे बढ़ती जा रही है–"काहे हुई देर?"

उसने चप्पल उठाई...दीवार पर जोर से दे मारी। छिपकली पट्ट से गिरी... फिर सरसराकर गायब हो गई! ...हे भगवान! ...भला हुआ, नहीं तो जीवहत्या लगती...

बहुत भला हुआ!!

आखिरी मर्तबा जब उसने आईना निकाला तो छातियों को दबाए–बिलकुल सपाट बनाकर एक युग तक प्रतिबिंबित होती रही थी!

"इसमें से निकाल लोगे ना मुझे?" काले समंदर की भयावह गहराई भाँपते वह हिचकिचाई। "बिना छातियों के कैसी दिखूँगी? ...मेरा हाथ पकड़ो...कसकर...कस लो मुझे...बस एक बार...आदमी की तरह...एक बार! जकड़ लो नाऽ...!" वह गिड़गिड़ाई। "मेरे लिए भी वैसी छूट नहीं हो सकती? ...उतने पैसे नहीं हो सकते? ...मीता की तरह?"–अपनी ही आवाज कहीं दूर से आती जान पड़ी!

अरे! बेखबर-सी कितना गहरे डूब गई थी...गर्दन तक! ...उठने के लिए छटपटाई पर अदृश्य हाथों ने उसे दबा दिया! ...नहीं, डॉक्टर का नहीं...चमकीली लकीर के पीछे से आए अदृश्य हाथ!

ऐऽ छोड़ो! ...बेसरम...हरामी! ...ऐ तुम छुड़ाओ मुझे! उसने डॉक्टर को देखा। पर वह हिला तक नहीं!...

स्थिर-कुटिल-सी मुसकान बिखेरता रहा...भद्दी, वहशियाना!

"मीता से कहो...वह बचाएगी तुम्हें!" फिर डॉक्टर भी उन हाथों के साथ हो लिया। सब मिलकर दबोचे जा रहे थे उसे!

"क्या कर रहे हो! ...छोड़ो मुझे...छोड़ो मुझे!" वह जोरों से चिल्लाई।

"मीता मीता मीता!" डॉक्टर ने दाँत पीसे–"उसी की तरह बोलना–उसी की तरह सोचना...हीरोइन है ना तुम्हारी? अब बुलाओ उसे–वही बचाएगी!!"

"हाँ-हाँ...मुझे लगता था ऐसा!...पर जानती हूँ–वह नहीं बचा सकती मुझे! एक सपना है...धोखा है वह! ...उसे तो पता भी नहीं, मैं कौन हूँ...कैसी हूँ...अपने में ही इतना उलझी रहती है बेचारी! ...मुझे दया आती है उस पर!"...

दबाव जरा-सा हलका पड़ा!

"फिर भी...उसका साहस उम्मीद जगाता है...बड़ा भरोसा मिलता है उससे...! ...पर मुझ पर इतना अधिकार किस हैसियत से जता रहे हो? ...मैं अच्छी-गंदी...किसी से भी संबंध जोड़ूँ–तुमसे मतलब? ...क्या...क्या इतना चाहने लगे हो मुझे?" उसने बड़ी आस से पूछा था।

"तुम्हें?...हह...गलतफ़हमी हुई है तुम्हें! ...मीता...उसकी वजह से दिमाग खराब होता है मेरा!..."

"आखिर क्यों?"

"रहने दो।"

"बता भी दो आखिर क्यों?"

"इसलिए...इसलिए कि वह बदजात मेरी बीवी है।" डॉक्टर ने होंठ चबाए–"...मीता ही सुधा है!..." वह फुसफुसाया था।

"आह!" उसे झटका लगा। भीतर कुछ चनक गया। मौत का भय कहीं दूर जा छिपा था। पर जल्द ही सँभल गई–"बेचारी वह...बेचारे तुम!" वह खिलखिलाई और एक झटके में पूरी डूब गई। अब कोई बात नहीं बची थी। कोई किस्सा नहीं बचा था। उसने उपराने का जरा भी प्रयास नहीं किया। तलहटी में निश्चल पड़ी रही।

पारदर्शी प्लास्टिक की चमकीली लकीरों-नलियों के पीछे से ऐनेस्थेसिस्ट का चेहरा उभरा–उसका हाथ भी–"फ्यूहऽऽ!" उसने राहत भरी साँस छोड़ी–"काफी

देर तक तड़ती रही...जबरदस्त है..." बाँहों में पसीना पोंछते वह डॉक्टर की तरफ मुड़ा–"अब ठीक है।"

"बाप रे!" क्या-क्या बक रही थी तब से!" नए 'इंटर्न' के चेहरे पर छोटी-सी शर्म उतर आई थी।

"यह तो कुछ भी नहीं है...वैसे बेहोशी में सभी बड़बड़ाते हैं...पर औरतें!...खासकर औरतें...उफ्फ!" डॉक्टर ने उसे बताया।

"वजह?"

"...वर्जनाएँ...इतनी सारी वर्जनाएँ!" डॉक्टर ने मुँह बिचकाया...दस्ताने चढ़ाए–"स्कैल्पल!" वह नर्स से बोला और हथेली नश्तर के लिए बढ़ा दी।

['हंस' नवंबर, 2000]

एक बार फिर...

सर्दियों की कुहासा भरी सुबह! ...सूरज एक कोमल उदास धब्बा! साफ-सुथरी हवा में भीगी थरथराहट! ...मैंने गहरी उन्मुक्त साँस भरी...निःसंदेह, अक्षत प्रकृति को दुर्लभ चाय की तरह पीया जा सकता है...बशर्ते आपकी रजोनिवृत्त होती अर्धांगिनी दीर्घकाल के लिए मायके चली गई हो–हर वक्त माथे पर सवार कोई चिक-चिक करने वाला न हो और बशर्ते कि आपके पास गर्म कोट हो.. .ऊनी गुलबंद, मोजे, दस्ताने वगैरह-वगैरह...कम से कम लकड़ियाँ जलाने की हैसियत ही हो! ...सबसे अच्छा मौसम...चर्बी वालों का मौसम...मैंने एक और गहरा घूँट पिया।

किंतु ऐसे परमानंद के पल अस्थायी ही होते हैं। फाटक पर उसे देख मैं सतर्क हो गया। वह आया, बनावटी गर्मजोशी से गले मिला फिर बगल में बैठ गया। उसकी जमी भरी नाक से जबरन निकली 'सोंऽऽ' बेवक्त और बड़ी भद्दी मालूम पड़ी। वैसे भी अजित को देख मेरा मूड बिगड़ चुका था।

जबसे डीआईजी से मेरी दोस्ती के किस्से इस भिनकते अदना से शहर में उड़े हैं, चंद लोगों का कायांतरण देखने लायक है। जो पहले मुझे चुक गया समझते थे, मेरे देखते-देखते मुझे अनदेखा किए, सीधा-सपाट चेहरा बनाए साँय से गुजर जाते थे, उनके हाथ अब दूर से हिलते नजर आते हैं। उनके चेहरे पर चौड़ी सी मुसकराहट खिंची रहती है। कभी-कभी तो अचानक कार रोककर वे उतर भी जाते हैं। अब मेरे पास चौपहिया वाहन तो है नहीं, हीनयान है, उनके इस सौहार्दपूर्ण व्यवहार के आगे बुरी तरह लड़खड़ा जाता हूँ। दो मर्तबा स्कूटर को और एक बार मुझे खासी चोट लग चुकी है।

अजित उनमें से ही एक है। अभी हाल में ही तो! ...बरसों बाद अचानक आया और जबरन मुझे विशिष्ट अतिथि बनाकर ले गया। उसके वातानुकूलित जेंट्स पार्लर का उद्घाटन था। चंपी-हजामत की दुकान सही पर झूठ क्यों बोलूँ–

उस वक्त इस सम्मान पर मुझे वाकई अच्छा लगा था। वरना लेखकों को कौन पूछता है अपने इस टुच्चे से शहर में।

मोटी गर्दन वाला चिर-परिचित विधायक मुख्य अतिथि के पद पर आसीन था। मुझे पता है डीआईजी विनोद नाथ पर हावी होने का उसने क्या-क्या प्रयास नहीं किया। पर शुक्र है–कोई भी पैंतरा काम नहीं आया। चर्चा है कि मुख्यमंत्री ने भी दखलंदाजी से साफ इनकार कर दिया है–शहरी, ग्रामीण सभी इलाकों में कानून-व्यवस्था की बदहाली को मद्देनजर रखते हुए! मोटी गर्दन वाले विधायक ने मुझे टेढ़ी नजरों से घूरा था।

सब कुछ बड़ा इनफार्मल-सा रहा। नाश्ता-भाषण सब साथ-साथ। इसी दौरान पता चला कि अजित के जेंट्स पार्लर में ग्राहकों की मालिश ललनाएँ किया करेंगी!...या भगवान!...और क्या-क्या करेंगी पता नहीं! विज्ञापनों का साम्राज्य फैल रहा है। पापाओं को गाड़ी चाहिए ही चाहिए, मम्मियों को फ्रिज और साड़ी चाहिए, भाइयों को टी.वी., बाजा, कंप्यूटर, स्कूटर और बहनों को–खुद को सेंट, लिपस्टिक, पाउडर, नैपकिन! बेचारी लड़कियाँ ग्राहकों की मालिश न करें तो क्या करें?

यूँ इसमें ऐसा बुरा भी क्या है? कौन सा कहर टूट पड़ेगा? पर जाने क्यों वह गंवई-सा संस्कृति-रक्षक कीड़ा मुझे रह-रहकर काट रहा था। लोगों की विद्रूप, लार टपकाती मंशाओं की कल्पना कर बेवजह विचलित हो उठा था। मैंने खुद को टोका–'चयन की स्वतंत्रता', 'श्रम की प्रतिष्ठा', 'स्त्री-पुरुष समानता'...आदि सूक्तियों को सोचकर मैंने अपनी पुरुष-प्रधान परेशानी पर काबू पाया। समोसे वाला हादसा तो बाद में घटा था!

लोग लाख 'कोलकाता' और 'मुंबई' को लेकर चहकते रहें–हमारे विधायक जी ने उद्घाटन वक्तव्य समाप्त करते हुए कहा–"आज से अपना सहर कलकड़ा और बम्बे ही नहीं पेरीस और लंदन के जोड़ में आ गया है...इस डेभलपमेंट के लिए भाई अजीत को लाख-लाख धन्यवाद...!"

समोसा मेरे हाथ से गिर गया था। एक पल भी रुकना मुनासिब न लगा पर क्या करूँ–मैं फँस चुका था। अजित ने अकड़ते हुए पान मसाले से सनी खीसें निपोरीं, लोगों ने बंदरों की तरह तालियाँ पीटीं, विधायक जी ने एक गोरी-दुबली मालिश बाला के साथ माइक पर खड़े-खड़े ही बलात् सम्भोग किया था–कम से कम उनके श्रृगाल-चक्षुओं में मुझे ऐसा साफ झलका था। 'बहनचो मौज काटो...!' अजित को अर्थपूर्ण नजरों से देखते हुए वह विदा हुए। बंदरों ने जोर से हू-हू की ध्वनि निकाली।

अपने असंख्य अजायबघरों, कलावीथियों, संगीतालयों, नाट्यशालाओं और तमाम शिल्पियों, वास्तुकारों, चिंतकों, कलाकारों, संगीतज्ञों, साहित्यकारों की उत्कृष्ट पाश्चात्य परंपरा को लिए-दिए पेरिस और लंदन हमारे शहर के घिनाते घूरे में भद से गिर पड़े थे। हिंदुस्तानी लोकतंत्र के एक अकेले बनमानुस ने प्राकृतिक सहजता से इसे कर दिखाया था।

अजित ने धीरे-धीरे साँस छोड़ी। सीटी की आवाज़ के साथ नाक में छोटे-छोटे लिसलिसे बुलबुले देर तक फूटते रहे। रूमाल में फों-फों करके उसने सिनकने की अधूरी चेष्टा की।

"अह...डीकंजेस्टेंट क्यों नहीं डालते?" मैं नेजल ड्रॉप्स की शीशी उठा लाया। "इसे डालो।" मदर टेरेसा सी ममता आँखों में उतारते हुए मैंने कहा—ताकि बाद में उसकी उलटी-सीधी अपेक्षाओं को निर्ममता से टाल सकूँ। सच कहूँ तो खुद को समझाने-बुझाने के बावजूद उस दिन से एक हदस सी समा गई है कि साला इम्मोरल ट्रैफिकिंग जैसे मामले में कभी न कभी अवश्य फँसेगा फिर पुलिस में पैरवी कराने मेरे ही कपार पर सवार हो जाएगा! ...तोबा-तोबा!

किया क्या जाए? स्कूल के दिनों में जो शख्स आप पर हजारों रुपए सिर्फ होटलबाजी में उड़ा चुका हो—उस अजित को...विद्यालय के संस्कृत प्राचार्य सिद्धी बाबू के उस चिकने-सलोने अजित को आप धक्के मारकर भगा भी तो नहीं सकते। घोर अभद्रता होगी!

"ओब्सलीट ब्रांड! नाक की मेम्बरेन चोपट हो जाएगी...फेंको इसे!" मित्रवत् अधिकार से हावी होते उसने वाकई शीशी हवा में उछाल दी। जेब से दूसरी निकाली—नथुनों में टपकाई और थोड़ी देर तक सुड़कता रहा।

"आयुर्वेदिक है!" उसने गंभीरता से जोड़ा। मुझे विश्वास है कि अजित 'स्वदेशी' का कट्टर समर्थक होगा। क्योंकि हर समर्थ स्वदेशी आंदोलनकारी की भाँति उसकी गाड़ी, उसका चश्मा...कलम, घड़ी सब कुछ विदेशी है।

"कल रात भर भाग-दौड़ करता रहा...इसी में..."—उसने नजले की वजह बताई।

"और सुनाओ।"

"और तो बस ऐसे ही है..."—उसने उलटा अखबार दो मर्तबा पलटा। मेरी तमाम आशंकाएँ एकबारगी उछल आईं। "आखिर दोस्त ही दोस्त के काम आता है...क्यों?..." वह अखबार के पीछे से बोला। मेरे हाथ-पैर ठंडे पड़ने लगे। "फादर के गुजरने के बाद क्या-क्या नहीं झेला मैंने...संयुक्त परिवार के झंझट...फिर

बँटवारा...तीन-तीन मल्टीस्टोरी प्रोजेक्ट्स में काफी पैसा फँसा दिया...दस सालों से राज्य की हालत देख ही रहे हो...रीयल-इस्टेट का पेंदा फट चुका है ठीकेदारी बिलट चुकी है..."

"दो-चार टाँगें टूट भी जाएँ तो कनगोजर को क्या फर्क पड़ेगा?" मैंने तंज किया। चाहे जितना बटोर लें, वणिकों को हर वक्त पैसे का रोना रोने की आदत होती है।

"मजाक की बात नहीं...कहने का मतलब यह है कि ईमानदारी के धंधे में तो बरक्कत रही नहीं...और...इस झमेले से यार अब तुम ही बचा सकते हो...!" –अचानक वह झुका, मेरे हाथ पकड़े–"दोस्त मानते हो ना?" आँखें चौड़ी और मासूम बनाते उसने भरभराती आवाज में पूछा। उसकी नाक से एक पीला-हरा सा बुलबुला मेरे आस्तीन पर आहिस्ता से चू गया था!

मैं हक्का-बक्का उसे ताकता रहा।

"थैंक्यू...थैंक्यू...मैं जानता था तुम इस्कूल के साथी को कभी ना नहीं करोगे..." मेरे सँभलने के पहले ही उसने हमला बोल दिया।

"आखिर माजरा क्या है?" मैं हकलाया फिर घिनघिनाता-सा माचिस की तीली से लंबे पसरे बुलबुले को आस्तीन से कुरेदने का असफल प्रयास करता रहा। अह! एक साथ दो-दो गंदगियों से निपटना कितना कठिन होता है।

"सॉरी! ...मैं ड्राइक्लीन करवा दूँगा।" वह झेंपते हुए बोला–"कल रात यार एक डम्प पर छापा पड़ा था! मेरे...तुम्हारे दुर्भाग्य से वह अपना ही है!"

मधुबनी जिले का जयनगर कस्बा–जहाँ से नेपाल की सीमा शुरू होती है। जिले का सबसे धनी कस्बा! फलते-फूलते लोगों की खासी तादाद है। अजित के ससुराली रिश्तेदार भी वहीं रहते हैं। नेपाली भंसार या उनके कस्टम चेकपोस्ट को पार करते ही इनरवा शॉपिंग आर्केड! धान के खेतों के बीचों-बीच! इस कस्बे की आर्थिक रीढ़, तस्करों का स्वर्ग! भारी-से-भारी सामान माथे पर उठाए नेपाली दोशीजाएँ बार्डर पार कर आती थीं। थकी और प्यासी! फिर भंसार प्रहरियों से लेकर तस्करी के धंधे में लिप्त दुर्जनों तक की चाहे-अनचाहे प्यास भी बुझाती थीं।

अजित वहाँ गया तो था इन्हीं आकर्षणों के फेरे में। किंतु उसके दुर्भाग्य से कुछ ही अरसे बाद भारत सरकार ने खुले बाजार के लिए अपनी लँगोटी और अपने एकतरफा द्वार दोनों खोल दिए! ...धंधे में वैसा लस नहीं रहा! पर शराफत से लौट आने की बजाय अजित वहाँ से कुछ और आगे बढ़ गया।

इनरवा शॉपिंग आर्केड से अगर उस खड़ंजे पत्थरों वाली सड़क को पकड़कर बढ़ा जाए तो आप माडर ग्राम पहुँच जाएँगे। जहाँ बेधड़क गाँजे की खेती होती है। यहाँ का मशहूर जटईवा गाँजा डेढ़-दो सौ रुपए प्रति किलोग्राम की दर पर उपलब्ध है। मशीन से दबाकर ईंट-सी बना ली जाती है। फिर पोलीथिन के दोहरे कवच में। हिंदुस्तान लौटते खाली पेट्रोलियम टैंकरों के उदर में बार्डर पार! कभी अधपका चमड़ा लदे बदबूदार ट्रकों के भीतर बॉर्डर पार! कार, जीप, ट्रैक्टर, जो मिल जाए! कस्टम, पुलिस, एक्साइज सबका हिस्सा बँधा हुआ है। फिर भी बड़े बाजारों तक चालीस फीसदी माल ही पहुँच पाता है। परवाह नहीं! ...दो सौ रुपए किलो की चीज, राह खर्च और भाड़ा—पर खिदिरपुर का भाव पाँच हजार प्रति किलो, दिल्ली आठ हजार...मुंबई का भाव दाऊद और उसके दुश्मन जानें! एक गाड़ी पर तीन से चार टन माल! ...इस पूरी यात्रा में जरूरत पड़ती है रास्ते में सुनसान जगहों पर गुमनाम गोदामों की—जी हाँ, अजित की भाषा में डम्प!

"तुम बिलकुल ठीक बोले...दुर्भाग्य मेरा ही है—क्योंकि मैं तुम्हारी कोई मदद नहीं कर सकता!" मैंने साफ कर दिया।

"पर अभी-अभी तो तुमने कहा था यार..." अजित ने अचरज से आँखें सिकोड़ी।

"मैंने कुछ नहीं कहा था तुम जबरन कहलवाना चाह रहे हो! ...तुम लोग सोचते हो कि रंडीखाने खोल देने भर से यहाँ पेरिस और लंदन उतर आएगा! ...चरस-गाँजा बेचकर इसे अमेरिका के जोड़ का बना लोगे! ...क्यों? ...साले झाँट बराबर...आखिर क्या समझते हो खुद को?" मैं फट पड़ा—"तुम और तुम्हारा वह मोटी गर्दन वाला विधायक। भोंसड़ी के...क्या समझते हो खुद को?...जाहिल...डंगर...गधे की औलाद...!!" और जाने क्या-क्या अंट-शंट चीखता रहा मैं।

"...अब मंच पर से यह सब तो बोला ही जाता है यार...तुम बेकार भड़क रहे हो"—अजित स्तब्ध-सा मुझे ताक रहा था।

"एक ढंग की लाइब्रेरी तक है शहर में? ...जो थी भी वहाँ अब ट्रकों की मरम्मत होती है...दारू की दुकान खुल गई है वहाँ...सरकारी फंड से ऑडिटोरियम बनता है—शादियों के लिए भाड़े पर उठा दिया जाता है...पेरिस और लंदन...हाह!"—मैं सुरिया गया था। उधर अजित ने अपनी लाइन पकड़ रखी थी।

"...और तुमने मेरी मदर को इतनी गंदी गाली भी बकी..."–वह आहत स्वर में बोला।

"कब बकी?...मैंने नहीं बकी!!" मैं लड़खड़ा गया।

"तुमने बकी! भोंसड़ी के...और गधे की औलाद नहीं बोले? जबकि बचपन में वह तुम्हारे लिए मावे की गुंझिया बनाकर भेजा करती थी...अब छोड़ो...रहने दो!"

कुछ देर गंभीर चुप्पी छाई रही। उसे वांछित मौका मिल गया।

दुर्भाग्य से डम्प अजित के नाम से ही है–बेनामी रहता तो वह मुकर भी जाता। कुछ और भी नुकसानदेह प्रमाण हाथ लग गए हैं। जेंट्स पार्लर वगैरह तो असली धंधे का मुखौटा भर है...थाने ने उसे अड़तालीस घंटे की मोहलत दी है कि वह ऊपर मामला पटा ले। एक मोटी रकम के बदले उन्होंने दो दिनों तक शैडो राइटिंग करने का भरोसा दिया है। पर उसके बाद सब कुछ अधिकृत रिकॉर्ड पर चला जाएगा। अर्थात् अजित कुमार का ट्रैजिक दी एंड!

एसपी तक गोटी बैठ जाती...पर डीआईजी के रहते! ...सवाल ही नहीं उठता! उससे छिपाकर करना संभव नहीं...साले ने डिपार्टमेंट में अपना एक अलग खुफिया तंत्र बना रखा है...एसपी ने भी सरेंडर बोल दिया–"पहले विनोद नाथ को देख लो...फिर!"...सिर्फ अड़तालीस घंटे! बड़ा राजनीतिक दबाव खरीदने के लिए अपर्याप्त वक्त! ...अब तक अकेले-अकेले मलाई उड़ाने का घातक परिणाम! फिर बात खुल गई–अखबारों तक पहुँच गई तो सब 'चोपट' हो जाएगा...खून चूसने को पाँच-दस अखबारी चिल्लर अलग सट जाएँगे! अजित की नजर में इस झंझट से निकलने की एकमात्र कुंजी मैं हूँ। ...पर आखिर क्यों पड़ूँ इस चक्कर में? कहूँगा तो मेरी क्या इज्जत रह जाएगी भाई?

अजित के जाने के बाद से सात कप चाय पी चुका हूँ...साढ़े तेरह सिगरेट। साला बुरी तरह डिस्टर्ब करके चला गया है।

"...यार विनोद जी से तय करा दो...ऐसे चक्कर में पड़ा हूँ कि...मैं दो खोखे पहुँचा दूँगा...!" लंबी भूमिका के उपरांत उसने कहा था।

"वह क्या होता है?"

"खोखा माने करोड़।" अजित ने खीसें निपोरीं–"बोंबे की बोली में!"

दिमाग में कुछ झन्न से बजा था। फटी-फटी आँखों से उसे देखता रहा। इस छोटे से शहर में कुछ लोगों के पास इतना-इतना पैसा भी धरा है! "हस्साले... दिमाग गड़बड़ा गया है तुम्हारा..." मैं अविश्वास से बोला। कुछ देर के लिए शायद दिल भी धड़कना भूल गया था।

"डम्प में...लगभग चार ट्रक माल है वहाँ...घर में अकेला मर्द हूँ। भाग भी नहीं सकता...चाचा, चचेरे भाई–दसियों दुस्मन हैं...सब बरबाद हो जाएगा...फिर कुर्की जब्ती...बाप-दादों की सारी इज्जत मट्टी हो जाएगी...जेल अलग...तुम आखिरी उम्मीद हो यार...या साफ-साफ कह दो...जाकर पटड़ी पर लेट जाता हूँ!!" उसने मुझे धमकाया था।

सचमुच, साला बुरी तरह डिस्टर्ब करके चला गया है। मैंने चौदहवीं से पंद्रहवीं सिगरेट को जलाया। आस्तीन पर लिसड़ी उसकी गंद सूखकर पपड़िया चुकी थी!

डीआईजी विनोद नाथ से यूँ तो मेरा परिचय बरसों पुराना है परंतु मुलाकात हुए छह महीने भी नहीं बीते हैं। दसेक साल पहले जब हिंदी की जानी-मानी पत्रिका में मेरी पहली कहानी छपी थी तब उस पर पहली फैन मेल विनोद की ही आई थी। जिसे मैंने आज तक सहेजकर रखा हुआ है। उसके बाद पत्राचार का सिलसिला आरंभ हुआ। पत्रों के माध्यम से हम एक-दूसरे को जितना जान गए हैं–सचमुच मिलने पर कभी नहीं जान पाते। छोटे बड़े संकोच, छोटी-बड़ी ग्रंथियाँ–किस्म-किस्म के अवरोधों का खेल शुरू हो जाता है। जबकि अदृश्य उपस्थिति के सामने आप खुलते चले जाते हैं। आपके सुख, आपके दुःख, आपकी छटपटाहट, आपके ख्वाब–सभी कुछ!

फिर विनोद की यहाँ पोस्टिंग हो गई। लगभग तमाम शामें उसके यहाँ बीतती हैं। मैं और विनोद–कोई ग्रंथि नहीं, कोई अवरोध नहीं। घंटों कला-संस्कृति या राजनीतिक हालात पर चर्चा! कभी मेरी कहानी का पाठ, कभी विनोद के किस्से! उन डेढ़-दो घंटों के दरमियान वह किसी से नहीं मिलता। 'टेलीफोन ड्यूटी' को भी सख्त हिदायत है। अब कोई बड़ा हादसा घट जाए तो बात अलग। इस थोड़े से वक्त में हम दोनों ने एक-दूसरे से काफी कुछ सीखा है। अपने अनुभवों को बाँटा है। अपने क्षितिज का विस्तार किया है। हमारी छटपटाहट एक-सी है। हमारे सरोकार एक-से हैं। हमारे स्वप्न-द्वीपों में भी गजब की समानता है।

मैं मुँहफट आदमी हूँ। दोस्ती-वोस्ती में पैसे जाया नहीं करता। वैसी हैसियत नहीं...इसलिए दोस्त भी नहीं बचे हैं! ...न रहें–अपनी बला से! मुझे कंजूस, मक्खीचूस, कंजड़...कुछ भी कहते रहें–अपनी बला से! विरासत में मिली छोटी-सी जायदाद से मेरा ठीक-ठाक गुजारा हो जाता है। काम-धाम कोई नहीं! घूमता-फिरता हूँ, यदा-कदा कहानियाँ लिखता हूँ। विनोद पढ़ता है...तारीफ करता है। यह बात दीगर है कि उसने और बहुत सारा बहुत कुछ पढ़ रखा है।

वेदों-शास्त्रों तक को उपयुक्त मौकों पर उद्धृत करने में उसे महारत हासिल है। और ऐसा शख्स जब आपकी तारीफ करता है तो उसकी विश्वसनीयता कुछ अलग सी होती है।—वाकई बड़ा अच्छा लगता है।

विनोद दोहरी शख्सियत का बेहतरीन नमूना है। एक विनोद सबसे गर्मजोशी से पेश आता है पक्ष-विपक्ष के हर नेता को गलतफहमी है कि वह उसका ही आदमी है। दो-एक छोटे-मोटे उपकार कर भी देता है। बाकी अपनी मर्जी का मालिक है। जनता खुश, नेता खुश! उसका न्यायबोध प्रखर है, और उसको कार्यान्वित कराने के लिए उसके भीतर शातिर दिमाग के साथ-साथ निश्छल क्रूरता की एक शिरा भी मौजूद है। जो उसकी अनेक सफलताओं की वजह रही है।

दूसरा विनोद बड़ा संवेदनशील है। मेरी तरह अकेला! जल्दी किसी से मिक्स नहीं कर पाता। वैसे भी जिनकी चर्चा का विषय क्लासिकल, गॉथिक या बरोक वास्तुकला हो, जो इतालवी और फ्रांसिसी रेनेसांस की विस्तृत जानकारी रखते हों, जिन्हें बाख, मोत्जार्ट और शोपां का संगीत भाता हो, जो इम्प्रेशनिस्ट चित्रकारों के दीवाने हों, बाल्ज़ाक, चेखव, काफ्का, कामू से लेकर मार्खेज़ तक जिनके प्रिय रचनाकार हों, और जिन्हें बढ़िया शराब पीने का कायदा मालूम हो—वे वैसे भी हमारे सड़ियल शहर में खुद को नितांत अकेला पाएँगे। रोज थोड़ा और—थोड़ा और फैलता हुआ अकेलापन। निगलता हुआ। निचोड़ता हुआ!

चौतरफा कुत्साकरण, कोमल संवेदनाओं के लिए ग्रंथिग्रस्त धिक्कार, असांस्कृतिक होते चले जाने को अभिशप्त हमारे शहर, जाहिल—अपराधी राजनीति और हू-हू की ध्वनि निकालती वानर सेनाएँ! जाहिर है हमारी छटपटाहट भी समान है।

मैं जानता हूँ—अगर हम बनिहार होते, चमार होते, भंगी होते, पासी होते, आदिवासी होते...एक टूटी रकाबी के बदले चूर दी गई मासूमियत का हिस्सा होते—मेहनत-मजूरी करके रोज का रोज जीने वाला घायल, धड़कता और हाशिए पर पड़ा किस्सा होते तो हमारी सारी सोच बेमानी होती। ...और चालाकी में उनकी तरफ से दलीलें देकर हमारे सौंदर्यबोध को जलील करने का कम से कम आपको कोई अधिकार नहीं है!—फिर तो हमें जिंदा रहने के अलावा कुछ भी सोचने की फुरसत नहीं होती। परंतु ऐसा नहीं था। कुढ़ते रहने और स्वप्न देखने के लिए हमारे पास बेहिसाब वक्त था। अंतहीन रातें थीं, हमारे पास दिनों की कतार थी।

मेरी चिंता मुद्रास्फीति और रुपए के अवमूल्यन को लेकर है। विरासती पेंशन पर कब तक यह स्तर बना रह सकेगा? बड़ा बेटा खींचतान कर बैंकिंग सर्विसेज में कम्पीट कर गया है। पर छोटा वाला समस्या है। मनीपाल में उसके

एडमिशन को लेकर रोज खिचखिच मचती है। साहबजादे खुद तो ठाठ से हॉस्टल में रहते हैं...दिल्ली में! दो हजार के जूते पहनते हैं डेढ़ हजार की जीन्स, ऊपर एक अश्लील-सी गंजी! ...संगत भी अच्छी नहीं है। अब जैसे मशहूर संगीतज्ञ विवाल्डी के बारे में अपने दोस्तों समेत उनका नेक ख्याल है कि विवाल्डी बॉम्बे डाइंग की सूटिंग का नाम होता है! लिल्लाह! यह हौलनाक अनुभव मुझे पिछली विजिट में हुआ था...उसकी तो पैदाइश को लेकर भी मुझे संदेह होने लगा है। खैर...दूसरी चिंता जूलियस सीजर वाली है–क्या बिना छाप छोड़े एक दिन यूँ ही गुजर जाऊँगा?–मानो कभी पैदा ही नहीं हुआ था? ...एक जगत प्रसिद्ध उपन्यास रच डालता! ...पर वह सब दैवयोग की बात है! ...या फिर शहर में एक आधुनिक रंगशाला बनवा देता-तो क्या कहना था! ...न सही, एक छोटी दस-पंद्रह हजार किताबों वाली लाइब्रेरी ही सही! ...पर उतने पैसे भी किसके पास धरे हैं!

बेटा-बेटी, विनोद की भी चिंता है। उनकी पढ़ाई-लिखाई। उनका भविष्य! ...विनोद की चिंता उसकी ताना मारती पसली की हड्डी है–"जाने कैसे आइपीएस हैं? ...अब तक एक फ्लैट भी नहीं बनवा पाए! ...तुमसे अच्छा तो कोई दारोगा ही होता!!"

"कहो तो इससे तय करा दूँ?"

कोतवाली के तोंदियल, गंदे दाँतों वाले मिसाली दारोगा की तरफ इशारा करते उसने कहा था। उसकी बीवी मजाक में चीखती उसे मारने दौड़ी थी–"यूऽऽ विकेड ब्रूट...!" हम देर तक हँसते रहे थे। पर मजाक की बात नहीं! कही न कहीं तो चुभता ही होगा।

लाइब्रेरी के ख्याली प्रोजेक्ट में विनोद मेरे साथ है। बल्कि उसमें उसने उत्कृष्ट फिल्मों और संगीत का कक्ष भी जोड़ दिया है जिसमें बड़े स्क्रीन वाला टी.वी. और बेहतरीन साउंड सिस्टम होगा। छोटा- सा ऑडिटोरियम भी जहाँ बड़े-बड़े विद्वान् बाहर से आकर उन खूबसूरत चीजों के बारे में जानकारी देंगे और उत्सुकता पैदा करेंगे जिन्हें हम या तो-जानते नहीं, या भुलाते जा रहे हैं। इससे उत्तम और क्या हो सकता है! एक कलावीथि जिसमें 'ओरिजनल' न सही, तमाम महान चित्रकारों के 'प्रिंट' ही टँगे रहें। कम से कम परखने-समझने का इल्म भी तो पैदा हो! ...और पहले तले पर एक कहवाघर! खुला-बड़ा सा...झक साफ-सुथरा। पॉलिश्ड सागवान की चौकोर मेजें। लाल चेक वाले मेजपोश। गहरा जैतूनी चमड़ा चढ़ी चमचमाती कुर्सियाँ। प्रशिक्षित बेयरे। छोटा किंतु परिष्कृत मेन्यू–जहाँ पनीर-डोसा, चिल्ली-चिकन, या ब्रेड पकौड़ा जैसी दोगली

चीजों पर चिरंतर पाबंदी रहेगी। उन्हें परोसना कुफ्र माना जाएगा। पूरी तरह सब्सिडाइज्ड...लेखकों, चिंतकों, कलाकारों के लिए सीमित। उनके विचारों से गूँजता हुआ।

वैसे इस सुसंस्कृति केंद्र के नामकरण पर अब तक हमारी सहमति नहीं बन पाई है। बहरहाल सिर्फ एक ख्याल है...पैसे किसके पास धरे हैं।

दिन भर समय इतना धीरे रेंगता रहा कि चार बजते-बजते मेरा धीरज छूट चुका था। मैं विनोद के बँगले पर जल्दी पहुँच गया। पता चला वह कमिश्नर के पास निकला है। दोनों बैचमेट हैं। कमिश्नर वासुदेव रजक–अपने नजदीकी मित्रों के लिए बासू! उसके किस्से सुनने हों तो विनोद से सुनिए. हँसा-हँसाकर पेट फाड़ डालेगा...कि अकादमी में कैसे किरण के नाम से उसे 'लव-लेटर' भेजा गया था...और किस तरह जनाब दूल्हे-से सजे-धजे उसके हॉस्टल पहुँच गए थे... "आई लव यू टू बोलते-बोलते बेचारा लड़खड़ा गया था...साले को डबल चोट लगी थी! ...अरे भई, दूसरी किरण के तमाचे से! ...हा...हा...हा"...फिर वह छुरी-काँटे से चपाती खाने वाला किस्सा!! ...और सबसे जबरदस्त वह...कि कैसे पाश्चात्य कमोड पर उकड़ूँ बैठने के क्रम में वह फिसल गया था–और माथा संडास के भीतर!–"बासू का ब्रेन-ड्रेन हो चुका है! ...हा हा हा हा!" ...खैर।

वैसे विनोद के ही अनुसार, अपने ओहदे के बावजूद कमिश्नर उसे खासा सम्मान देता है। सीधा है–अपनी निम्नवर्गीय पृष्ठभूमि के बारे में उसे किसी तरह का कॉम्प्लेक्स नहीं है।

विनोद लौटा तो चिंतित लगा। एक दबी हुई उत्तेजना महसूस की जा सकती थी। अजीब-सा तनाव! देर तक चुप्पी छाई रही।

"हरामजादों ने हद कर दी है!" वह छत की तरफ देखते हुए फुसफुसाया। मैं चुपचाप उसके छत से उतरने का इंतजार करता रहा।

"...तुम बड़ी जल्दी आ गए?" उसकी उतरती नजर घूमते-फिरते मुझ पर आ टिकी।

"एक पुराना साथी...मेरा मतलब परिचित...कहने का जी तो नहीं करता पर...कुछ रेड-वेड का मामला है! ...आखिर दोस्त ही दोस्त के काम आता है...क्यों?" हे भगवान! मैं अचानक उस फरेबी की तरह क्यों बोलने लगा हूँ? ...मैंने खुद को लतियाया।

"तुम्हारे उस परिचित का नाम कहीं अजित कुमार तो नहीं?" डीआईजी विनोद नाथ ने आँखें सिकोड़ी। मेरी चुप्पी ने उसका जवाब दे दिया।

"हाऊ डेअर यू!..." वह मेरे पर चिल्लाया–"कुछ जानते भी हो? ...गाँजे का डम्प पकड़ा गया है, गाँजे का।"

"ओह नो! ...मुझे बिलकुल अंदाजा नहीं था...वरना..."–मैंने साफ झूठ बोल दिया। हिम्मत जवाब दे गई थी। "सॉरी...बुरा मत मानना यार! ...गाँजे का डम्प! ...तोबा-तोबा!"

"अभी कमिश्नर से बात करके आ रहा हूँ। एसपी, थानेदार, आबकारी विभाग–सबका दिमाग दुरुस्त करना है...बेटा मुझसे खेल खेल रहे थे। देखते जाओ क्या-क्या होता है।"

अजित की आशंका अकारण नहीं थी। विनोद का खुफिया तंत्र सचमुच बड़ा कारगर था।

"जभी साला दो खोखे ऑफर कर गया...!" उसकी नाक से निकलता सिगरेट का धुआँ बीच में ही रुक गया था। जैसे विनोद साँस लेना भूल गया हो। "...खोखा माने करोड़! ...बॉम्बे की बोली में!" मैंने खीसें निपोरीं। उफ! यह किसकी आत्मा सवार हो गई है मेरे ऊपर!

"क्या पागलपन है..." लगा जैसे पल भर को वह अपने आप से जूझता रहा पर फिर तुरंत ही सँभल गया था।

"वैसे यार...एक बार कर लेने में कोई हर्ज है?" मैंने दबी जुबान से पूछा– "बस एक बार...हमारा सुसंस्कृति केंद्र, हमारी उत्कृष्टता की तलाश...हमारी थोड़ी-सी आर्थिक चिंताएँ...हमारे स्वप्न...सब चुटकी बजाते! ...एक बेहतरीन, खूबसूरत और निहायत जरूरी उद्देश्य के लिए क्या यह गलत होगा? ...करने वाले, ऊपर से नीचे तक, रोज कर रहे हैं...सोचो! ...बस पहली और आखिरी बार..."

"बच्चों जैसी बात! ...सरासर बेवकूफी है...नहीं, और बिलकुल नहीं! एंड इट इज टू डेंजरस!" वह झल्ला गया था।

हमने चाय खत्म की, अपनी-अपनी सिगरेट जलाई और चुपचाप फूँकते रहे।

"...तुम्हीं सही हो...आदमी बेमतलब बह जाता है..." मैं खुद पर काबू पाने का प्रयास करता रहा।

"गुड!" उसने मुझे शाबाशी दी। रीडर बाबू फाइलें रख गए। कुछ देर उन्हें उलटता-पलटता रहा। हस्ताक्षर करता रहा। दो-तीन फोन लगाए फिर अँगड़ाई भरी–"एक चाय और हो जाए।" उसने इंटरकॉम पर ऑर्डर भेजा।

"...पर वैसे...गाँजा...हार्मलेस ही होता होगा? ...क्यों? ...साधु-संन्यासी सभी पीते हैं...स्मैक या एलएसडी से तो उसकी तुलना नहीं की जा सकती...?"

"आई नो!...दो-चार मर्तबा सिगरेट में भरकर हमने भी चखा है...बासू गाँजा पीकर ही तो गिरा था कमोड में! ...पर अब बेहतर होगा इस टॉपिक को हम बंद कर दें...वरना तुम मेरी नजरों में गिर जाओगे।" उसने अपनी क्रूर स्पष्टवादिता का नमूना पेश किया। मैं बिलकुल सिटपिटा गया।

चाय का दूसरा दौर चला।

"बाई द वे...मैंने भुवनेश्वर की 'भेड़िए' पढ़ ली...आश्चर्यजनक! ...अद्भुत कहानी है। कितनी अर्थपूर्ण है...कितनी गूढ़! ...प्रेमचंद के अलावा हिंदी में ज्यादा कुछ पढ़ा नहीं मैंने...आई मस्ट थैंक यू!"

"तुम्हें भी धन्यवाद...प्लेटो की रिपब्लिक के लिए। बहुत कुछ अटपटा... बहुत कुछ मजेदार...पर लोकतंत्र को लेकर उसकी चिंताएँ...वह भी कब! ...रिमार्केबल है!"

थोड़ी देर हम और दिनों की भाँति बतियाने की कोशिश करते रहे। लेकिन जम नहीं रहा था। न जाने क्यों सब बड़ा फॉर्मल सा लगता रहा। जैसे हम एक-दूसरे से कतरा रहे हों, सकुचा रहे हों। हमारी गर्मजोशी, हमारा खुलापन... जैसे कुछ उसके आड़े आ गया हो। शायद मैं अपनी हदों से ज्यादा ही बढ़ गया था! ग्लानि हुई। बैठना भारी लगा। मैंने जबरन घड़ी पर नजर दौड़ाई–"अरे! सात बज गए..." चौंकता सा उठ खड़ा हुआ मानो आधी रात बीत गई हो। "मिलते हैं फिर..." मैंने हाथ मिलाया और पोर्टिको में लगे स्कूटर की तरफ बढ़ा। वह मुझे सीढ़ियों तक छोड़ने पीछे-पीछे उतरा। अचानक खोया-खोया सा लग रहा था।

मैंने स्कूटर में चाभी लगाई और किक पर पैर चढ़ाया–

"वो बॉम्बे का क्या बता रहे थे तुम?" वह बुदबुदाया–"किसका मतलब करोड़? ...क्या सचमुच?" उसने जैसे नींद में चलते हुए पूछा था।

सुबह सेब की तरह चटक थी। कुहासा छँट चुका था। हमारे यहाँ अमरूद का पेड़ है। कहीं से तोतों का झुंड उस पर उतर आया था...अजब! ...कचकच हरे फलों की तरह! कुछ देर उनके करतब देखता रहा। मुलायम मक्खनी धूप के साथ खुशबूदार चाय पीता रहा। सारी प्रकृति एक विराट भोज-सी प्रतीत हो रही थी।

बदन में अलसाहट भरा दर्द,...माथे में हलकी-सी जकड़न, नींद देर से टूटी– नौ बजे! ...कल आधी रात के बाद ही लौट पाया था विनोद के बँगले से। चिराग भी कुछ ज्यादा जला लिए।

पाँच पैग से कम तो क्या गए होंगे भीतर! जबकि डॉक्टरों ने दो पर लकीर खींच रखी है...अब कमबख्त डॉक्टरों को क्या पता है? ...'डॉक्टर माने पैटी

बुर्जुआ!' मैंने खुद को बताया–"और खोखा माने करोड़" मैं धीरे से फुसफुसाया। एक कड़-कड़ बजती अँगड़ाई भरी। चौकन्ने तोते एकबारगी फड़फड़ाकर उड़ गए!

"कब से जानते हो अजित को?" हम वापस ड्राइंगरूम में घुस गए थे। लैच वाला दरवाजा खुद ब खुद धीरे से भिड़क गया–"ऐसे लोग बड़े चालाक होते हैं...खतरनाक भी!"

"वह और खतरनाक! ...स्कूल का मशहूर पंतुआ हुआ करता था–तब से जानता हूँ उसे।"

"इस गफलत में न रहना...मैंने एक से एक चिकनों को चढ़ते देखा है!... खासकर सत्ता में पहुँच शेर की तरह दहाड़ने लगते हैं हरामजादे!"

"अजित के साथ तो वह सब भी नहीं है...झटके में पैसे भले कमा लिए हों...पर साला विधायक को ही भगवान समझता है...दारोगा तक को वह सलामी बजाता है! ...वरना ऊँचे कनेक्शन्स हों और दो करोड़ खर्चने की औकात...फिर वह..."–मैंने खुद को रोका।

"...फिर वह मेरे लकड़दादा तक को सीधा कर देता...यही ना?" विनोद ने मेरा वाक्य पूरा किया–"हाँ,...समझ सकता हूँ! ...मगर मुझे भरोसा नहीं!" कुछ देर वह सोचता रहा–"ऑल राइट!" उसका संकल्प भरा गंभीर क्रूर चेहरा!..."बस, इस एक बार...!" उसने गॉडफादर के मशहूर अभिनेता अल पचीनो की टाइमिंग के साथ उँगली लहराई। मैंने पूर्ण सहमति में फौरन गर्दन डुलाई।

"पर कैसे मैनेज करोगे।" मैं अचानक शुबहे से बोला–"एसपी, डीएसपी, दारोगा–किसी से भी तुम्हारा कहना उचित रहेगा?"

"जरूरत ही नहीं है!"

उसने जिस बेफिक्री से कहा!...कहीं अजित को रंगे हाथों पकड़ने का जाल तो नहीं बिछा रहा? छोटा-सा संदेह अँकुराया। पर जरूरत क्या है? ...वैसे ही अजित के खिलाफ कोई कम सबूत हैं क्या? ...बहरहाल एक संस्पेंस सा लटकता रहा।

"परसों से छुट्टी पर चला जाऊँगा...एस.पी. को चार्ज देकर...कम से कम पंद्रह दिन!..पीछे अजित कैसे मैनेज करेगा–वह जाने...!" उसने मेरी शंका का निवारण किया। वाह! ...कितना आसान और सुघड़ उपाय! जबरदस्त! ...खंजर और नकाब से इस खेल में मुझे सचमुच आनंद आने लगा था।

विनोद की कुछ शर्तें हैं। पहली शर्त–बराबर की हिस्सेदारी! मुझे रास आती है। दूसरी शर्त–खैर बासू को शामिल करना तो उसकी मजबूरी है। विनोद सारा मामला उससे पहले ही उगल चुका है।

"ठीक रहेगा..." उसने मेरी हिचकिचाहट मिटाते हुए कहा था—"एक सीनियर आईएएस साथ रहे तो बुरा नहीं...आगे-पीछे का भी ख्याल रखना है!"

मुझे छियासठ लाख छियासठ हजार छह सौ छियासठ रुपए और छियासठ पैसे कटते नजर आए। अजित को थोड़ा और दूहा नहीं जा सकता? ...अभागे को क्या फर्क पड़ेगा? मैं अलग कोण से इस पर विचार करता रहा।

"समझ लेंगे आयकर भरा था...और क्या!"—विनोद ने मेरा मन पढ़ते हुए कहा था।

तीसरी शर्त है गोपनीयता! ...वह पैसे अपने घर पर नहीं लेगा...और अजित की उपस्थिति में तो कतई नहीं लेगा। अच्छा है...सीधा संबंध बन गया तो मेरा पत्ता साफ हो जा सकता है! ...एक बेहूदा-सा ख्याल आया था...बहरहाल मैं खुद अपने घर पर नहीं लेना चाहता। अजित से लेकर सबको बाँटना भी नहीं चाहता। इतनी बड़ी रकम! कौन जोखिम मोल लेगा?

"फिर किसी और जगह...लेन-देन की जगह सुरक्षित और अन्यत्र होनी चाहिए! ...इस खेल के लिए निहायत जरूरी है।" उसने अर्थपूर्ण मुसकराहट के साथ कहा।

"...पार्टनर्स इन क्राइम!" फुसफुसाते हुए हमने जाम टकराए थे।

"तुम भी कमाल के हो! विनोद को सारी खबर हो चुकी है...अरे वह तो कमिश्नर से भी बतिया चुका है...!" अजित अपेक्षित रूप से आतंकित हो उठा था। "खैर मनाओ कि वक्त पर पहुँच गया वरना..." उसके चेहरे पर राहत उतर आई। "उसके माँ या बाप में से किसी की हालत गंभीर हो जाएगी और विनोद कल से पंद्रह रोज की छुट्टी पर चला जाएगा...बस! बाकी एसपी तक तुम मैनेज कर लेना...और क्या!"

जाहिर है, उसके मन के मुताबिक तो नहीं...पर अब इससे बेहतर कुछ हो नहीं सकता!

"पैसा चाहिए पर सरीर पे दाग ना लगे!" वह कड़वाहट से कुनमुनाया।

अजित कूख-काँखकर दस लाख और हगने के लिए तैयार हो गया है।

"यार मुझसे पहले ही बहुत ज्यादा कहा गया...सलटाने में और भी कितने खर्चे हैं—सोचो...पचास से कम थोड़े ही बूड़ेगा...!" पहले उसने रोना रोया।

"हमें भी कमिश्नर को सँभालना है...वैसे आगे जैसी तुम्हारी मर्जी!" मैंने निर्ममता से दबाव बनाया। भयादोहन में कैसा उस्ताद हो चला था। मुझे खुद पर ताज्जुब हुआ! कातर सा चेहरा बनाए वह चुपचाप मुझे देखता रहा। सोचता रहा।

"तुम्हें अलग से दस दे दूँगा!" उसने गिड़गिड़ाकर कहा—"आगे कैसे करना है?" जल्दी से उसने विषय बदल दिया। चालाक बन रहा है! खैर कुछ देर हम विचार-विस्तार करते रहे...कोई उपयुक्त जगह नहीं सूझ रही थी।

"पटना चलेगा? ...अपना फ्लैट है...चाबी तुमको दे दूँगा...दो-ढाई घंटों का तो रास्ता है। पैसा मेरा आदमी साँझ को पहुँचा जाएगा...!" बहुत सुंदर! बड़े खेल के लिए अखाड़ा भी बड़ा ही होना चाहिए!

विनोद को फोन लगाकर पता नोट करवा दिया—"बिलकुल सेफ है...ना, ना, अजित से कुछ लेना-देना नहीं!" मैंने झूठ बोल दिया। अब कौन जगह तलाशता फिरे!... "मगर दस लाख कम है!" मैंने झटका मारा। अजित ने रुआँसा चेहरा बनाकर हाथ जोड़ दिए।

"आगे फिर कुछ कर दूँगा...इस वक्त माफ करो यार..."

"चलो ठीक है...पर वादा याद रखना!"—मैंने भविष्य सुरक्षित किया। उठते-उठते उसने चिंतित आँखों से मुझे देखा था। आहत सा चला गया। मुझे परवाह नहीं है! ...स्मगलर कहीं का! ...साला नाटक करता है...! ...जनम भर गुलामी बजाए तो भी मेरा एहसान नहीं चुका सकता वह!

खैर! दस तो मेरा अलग से हुआ ना! ...अजित ने यही तो कहा है...विनोद को थोड़े पता चलेगा! ...कैसे पता चलेगा? ...हाँ तो अब छिहत्तर लाख का कैसे क्या होगा? समय समय पर नेता-अफसर अपनी गंद धोने के लिए वालंटरी डिस्क्लोजर जैसी स्कीमें निकलवाते रहते हैं! ...एक झटके में सारी कालिख साफ! ...पर टैक्स तो भरना पड़ेगा! ...फिर बेकार है! ...धीरे-धीरे एग्रीकल्चर इनकम दिखाकर...या किसी भी तरह कम-से-कम तीस का फिक्स डिपॉजिट करा लूँगा—बीस-पच्चीस हजार मासिक की आमद बढ़ जाएगी...भविष्य सुंदर और सुरक्षित! ...दस के करीब मनीपाल की भेंट चढ़ जाएँगे...छोटे की खातिर! ...फिर दस बड़े को भी देना पड़ेगा! ...मनीपाल का आइडिया...कैसा बेवकूफी भरा है...जीवन में कभी दस हजार महीना कमा भी पाएगा ससुरा?...पर किया क्या जाए? ...चार-पाँच लाख के गहने अलग बनवाने पड़ेंगे! ...छह लाख की एक अच्छी-सी गाड़ी! ...बिलकुल! ...नया टी.वी., फ्रिज! ...आह! अपनी स्टेनलेस स्टील की कटोरे दबी आयताकार बेडौल थालियाँ...और घिसे हुए मटमैले गिलास...कितने भद्दे! ...छि!! ...विनोद को कभी बुला नहीं पाया शर्म के मारे! एक बोन-चाइना का क्राकरी सेट...क्रिस्टल के गिलास...उम्दा कटलरी...निहायत जरूरी है! ...बाथरूम की मरम्मत भी! ...मकान का रंग-पोचाड़ा, सोफे की गद्दियाँ-कवर और परदे बदलवाने हैं...फर्नीचर की पॉलिश...कम से कम दो-ढाई लाख का चक्कर! ...एक चक्कर योरप का भी! बीवी

को भी ढोना पड़ेगा! ...तब तो बड़ा अच्छा लगता था–उसके सामने अपना यूरोपीय ज्ञान बघारने में! ...अब भोगिए! ...पाँच लाख से कम क्या उड़ेंगे? ...बढ़िया शराब का छोटा-सा भंडार भी...बचा कितना? ...सत्तर-बहत्तर लाख का खर्चा है! ...सुसंस्कृति केंद्र का क्या होगा? कुल चार लाख!...खैर कुछ विनोद भी देगा!...या क्या पता? ...अजित से उतरवाऊँगा! ...हम सिर्फ लाइब्रेरी से शुरुआत करेंगे... क्यों? ...बाकी बाद में देखा जाएगा! ...विनोद से कहूँगा–बासू को बराबरी से क्यों बाँटा जाए...आखिर किया क्या है उसने? ...हाँ...किया क्या है उसने? ...मतलब! खैर छोड़िए! अब किसने क्या किया है–इस पर क्यों बहस की जाए? पर पूरे छिहत्तर लाख! ऐसे-कैसे स्वाहा हो गए?

विश्वास नहीं हो रहा था कि इतने पैसों की आवश्यकताएँ पहले से मुँह फाड़े खड़ी थीं। कभी ध्यान नहीं दिया...अब तक पंद्रह हजार में कैसे गुजारा होता था मेरा? पंद्रह हजार होते क्या हैं? ...कुल तीन सौ डॉलर! आश्चर्यजनक! ...अमानवीय...और शर्मनाक!!

जो भी हो पर सुसंस्कृति केंद्र की खातिर बजट का पुनरावलोकन जरूरी है। वरना सारा उद्देश्य नष्ट-भ्रष्ट हो जाएगा! ...चार लाख में मुश्किल से बिल्डिंग बनेगी...शायद! ...फर्नीचर और पुस्तकों का क्या होगा? विनोद से विमर्श करके ही इसका हल निकलेगा...! अब जल्दी से तैयार हुआ जाए. पटना के लिए टैक्सी भी जुगाड़ करनी है!

पटने में यूँ तो हर गली हर मोड़ पर गाय-भैंसों के तबेले मिल जाएँगे। पर फचफचाते पेशाबी कीचड़ पर उतना बड़ा गोबर का पहाड़ मैंने नहीं देखा था। पूरी भैंस समा जाए! कुछ दिनों में, संभव है यही पता बन जाएगा–'गोबर का टीला, पटना, बिहार!' ...यूँ पटना और अंत में बिहार लिखने की भी कोई खास आवश्यकता नहीं बची है। इस गुबरैली संस्कृति पर पक्ष-विपक्ष एकमत हैं। उत्पादन की भूमिका सत्ता पक्ष की! बेचने का काम विपक्ष का! ...गो-मूत्र से सौ रोगों का शर्तिया इलाज! ...जी हाँ, गोबर खाइए-धरम बचाइए!!

मलकुंड में तो खैर पूरा मुल्क ही समाता जा रहा है।

गोबर के टीले के पीछे ऊँची चौहद्दी में कैद बेढब-सी आठ मंजिला इमारत है। बड़ा-सा जेनरेटर तीखा काला धुआँ उड़ा रहा था। इमारत काफी हद तक खाली थी। ऊपर के तले अर्ध-निर्मित लगे। इसी इमारत में अजित के पैसे फँसे होंगे। यहीं से उसका सीधा रास्ता बदल गया होगा! मैंने सोचा था।

टैक्सी का हिसाब किया और पहले तले के लिए सीढ़ियाँ पकड़ लीं। घड़ी पर नजर दौड़ाई–चार बजे थे।

समय पर पहुँच गया हूँ। प्लान के मुताबिक विनोद पीछे से आएगा—सात बजे। बासू उसके बाद! मेरा किरदार मेजबान का रहेगा। वे दोनों मेहमान! ...यानी कोई लफड़ा हुआ तो दोनों हाथ धोकर बेदाग निकल जाएँगे! ...मतलब तो यही हुआ इसका...और क्या? ...खैर! ...पैसा साढ़े छह तक कोई शख्स पहुँचा जाएगा। एकदम कसा हुआ शेड्यूल!

फ्लैट के भीतर घुसते ही अहसास हो गया कि वयस्कों के खेलने की जगह है। चिकने ने काफी तरक्की कर ली थी! ...एक बड़ा-सा हॉल, जिसे अजित 'होल' कहता है। मकराने का चमचमाता फर्श, रोजवुड का फर्नीचर, प्लास्टिक पेंट से चिकनी दीवार पर बड़ा-सा नग्न पोस्टर! रेनुआर की खासी भोंड़ी...निहायत अश्लील नकल! छोटा-सा गलियारा, उसमें खुलते दो बेडरूम—पूरी तरह सुसज्जित!

विनोद के निर्देशानुसार मैंने अजित के बड़े से 'होल' की तलाशी ली। अलमारी में ब्लैक लेबल की दो बोतलें और कुछ नमकीन के पैकेट पड़े थे। फ्रिज में पानी, सोडा, बर्फ सब मौजूद था। खाने की व्यवस्था नहीं है। गलती हो गई। ...टैक्सी वाले को भेजकर मँगा लेना चाहिए था...अब तो वह कल ही आएगा...हाँ, अलसबह वापस निकल जाऊँगा...कोई बात नहीं...ऐसे भी देर से खाकर चला था। एक शाम फाका कर लेंगे...या फिर किसी रेस्तराँ में!

हीटर चलाकर हाथ-मुँह धोया। स्कॉच की बोतल और गिलास काँच की मेज पर सजा दिए। मिक्सचर के पैकेट और प्लेटें भी। फिर इंतजार करता रहा। साढ़े पाँच तक अँधेरा छा गया था। खासी बोरियत होने लगी थी। टेबल पर पड़ी मैगजीन पलटता रहा। अर्धनग्न लड़कियों की तस्वीरें देखता रहा...अजित के किंगसाइज बेड पर कल्पना करता रहा! थोड़ा समय इसमें कट गया। विनोद पहले आएगा...अच्छा है...बासू के हिस्से पर इत्मीनान से बात कर लूँगा...!

फिर से घड़ी देखी—पूरे साढ़े छह! अब किसी भी वक्त...! चेहरा अचानक गर्म हो उठा। कनपटी पर रक्त का चाप बढ़ गया था। दिल की धड़कन कानों में बजने लगी थी...जाने घंटी काम करती भी है या नहीं? ...घर खाली समझ कोई दरवाजे से ही न लौट जाए! बाहर निकलकर कॉलबेल बजाई। 'फ्यूर इलिज़' का मुखड़ा फ्लैट में गूँज उठा। नकली, कर्कश और प्राणविहीन! ...खैर घंटी दुरुस्त है। पर दरवाजे में मैजिक आई क्यों नहीं लगवाते हैं लोग? बार-बार खोलकर देखना पड़ता है!

वापस सोफे पर पसर गया। समय पौने सात! अजित से बात करने के लिए फोन उठाया, मरा हुआ निकला। वेफर का पैकेट खोला। कचर-कचर पूरा चर डाला।

यकायक घंटी जोर से बजी। इस बार एक नई धुन! मैं बुरी तरह चौंक गया। दिल पर काबू पाते धीरे से दरवाजा खोला। सूट-बूट में विनोद और एक जन दरवाजे पर खड़े थे। काला रंग, मोटा चश्मा, भारी बदन!

"कमिश्नर साहब! ...परिचय है न?" विनोद ने दरवाजा बंद किया।

"तुमसे ही सुना है...कभी मुलाकात नहीं हुई!"

"अब हो गई...यार मुलाकात हो गई! ...टॉयलेट किधर है?" बासू कसमसा रहा था। मैंने रास्ता दिखाया।

"तुम अलग आने वाले थे?"...

"पटना अलग ही पहुँचे...पर अपने ड्राइवर को मैं यहाँ लाना नहीं चाहता था!"

"अमाउंट भी बता चुके होगे?" मैंने धीरे-से पूछा।

"हाँ, क्यों?" विनोद ने संदेह से देखा।

"सोच रहा था...बराबर क्यों दिया जाए? ...आखिर इनका कॉन्ट्रिब्यूशन क्या है?"

"अब रहने दो यार! ...कौन-सी खून-पसीने की कमाई है?"

पर विनोद सोच में पड़ गया था। बासू जिप खींचता निकल आया।

"आह! ...हाँ तो किधर है?" उसने आँखें चमकाईं।

"कोई लेकर आता ही होगा।" मैंने भरोसा दिलाया और फिर से घड़ी देखी...आखिर इतनी देर क्यों लग रही है?

बासू की नजर बोतल पर पड़ी।

"किसके लिए रुके हो?" उसने ढक्कन मरोड़ते हुए कहा। मैं और विनोद नीट ही पीते हैं पर बासू के लिए मैं सोडा-पानी लेकर हाजिर हो गया।

"बड़ा बढ़िया फ्लैट है...बाथरूम तो देखो...!" हाथों में गिलास उठाए हमने पूरे घर का मुआयना किया, वाकई जबरदस्त!

"किसका है?" विनोद ने पूछा।

"है किसी का...अब छोड़ो भी!"

"यानी अजित का! ...क्यों? ...कमाल करते हो...मैंने कहा था तुमसे!" विनोद झुंझलाया।

"अच्छा, क्या फर्क पड़ता है?" बासू ने मेरी तरफदारी की। हमने जल्दी से दूसरा जाम ढाला। मेरी परेशानी बढ़ती जा रही थी...कुछ गड़बड़ है...अब तक नहीं आया! ...मुँह दिखाने के लायक भी नहीं बचूँगा...!

दरवाजे पर हल्की-सी आहट! किसी ने दस्तक दी...एक बार फिर! विनोद और बासू गलियारे में छिप गए। मैंने दरवाजे की फाँक से झाँका।

धत् तेरे की...यह तो कोई और ही है...!

"हलो!" उधर से शहद घुली आवाज खनकी। गाढ़े शहद-सा ही रंग था उसका! दमकता हुआ, चिकना, खुशबूदार! ...संतरे और लीची की महक लिए! बला की आकर्षक! सम्मोहिनी चेहरे के नीचे सत्रह की रही होगी। पीले रंग की साड़ी, मैचिंग ब्लाउज...चोटियाँ, घाटियाँ और गोलाइयाँ सब सही जगह पर। बिलकुल कसी हुई!

"येस!" मेरे मुँह से फूटा।

"पार्टी शुरू हो गई?" उसने मुस्कुराकर पूछा।

"कहने का दिल तो नहीं करता...पर बेबी तुम गलत पते पर आ गई हो।" मैंने हसरत भरी साँस छोड़ी।

"ओह...आई एम सॉरी।" उसके चेहरे पर खेद उतर आया, "पर अब इतनी ठंड में कहा जाऊँगी...?"

मैं अवाक् उसे देखता रहा।

"वैसे भी यह बहुत भारी है।"

और तब मेरी नजर बड़े से सूटकेस पर पड़ी थी!

"अब अंदर आ सकती हूँ?" बिजली गिराते वह खिलखिलाई। अजित की माँ की ऐसी-तैसी...पट्ठा पूरा हरामी हो चुका है।

विनोद तो खैर पुराना शक्की है। दरवाजे से बाहर निकल इधर-उधर झाँकता रहा। पर बासू की बाँछें खिल गई थीं।

"गजब!" वह कनखियाते हुए फुसफुसाया। लड़की ने सूटकेस टेबल से सटाकर रख दिया।

"बैठिए ना...खड़े क्यों हैं?" उसने सोफे की ओर इशारा किया। "सर्दी बहुत है! ...हूऽहूऽऽऽ..." उसने दाँत कटकटाए—"क्या अकेले ही पियोगे? ...एक मेरे लिए भी बनाओ!"

पूरे प्रकाश में दोबारा गौर से देखा। सिर्फ उम्र का मेरा पहला अंदाजा गलत था। पच्चीस की तो जरूर रही होगी! ...महँगे मेकअप का कमाल! बाकी के मेरे सारे अनुमान खरे थे। उसने बासू की बगल में अपना चमचम करता पर्स रख दिया—"दो मिनट में आती हूँ!" वह टॉयलेट की तरफ यूँ बढ़ी मानो घर के कोने-कोने से वाकिफ हो।

"साला जेम्स बांड जैसा फील हो रहा है।" हँसता हुआ बासू सोफे पर तेजी से घुटने हिला रहा था। विनोद गंभीर था—"यार कुछ बेढंगा जा रहा है," वह बड़बड़ाया। किंतु बार-बार उसकी गर्दन उधर घूम जा रही थी, जिधर वह गई थी। मैं जानता हूँ विनोद पर असर जरा धीरे-धीरे ही चढ़ता है।

"इतना अच्छा तो जा रहा है! ...हाँ, अब बताओ...पहले कौन किस पर खंजर चलाएगा? ...भई बँटवारे को लेकर! ...फिल्मों में नहीं देखा है क्या?" बासू कुछ ज्यादा ही उत्साहित हो उठा था।

"खून-खराबा वर्दी वाले गुंडे के जिम्मे...!" मैंने विनोद की टाँग खींची। उफ! जाने कहाँ से उसने डरावनी-सी पिस्तौल निकाली और सीधे मुझ पर तान दी। मजाक समझते हुए भी बिलकुल फट गई थी मेरी! ...जल्दी से दोनों हाथ ऊपर उठा दिए।

"बी केयरफुल!" बासू ने चेतावनी दी।

"चेंबर खाली है!"–बदला वसूल, विनोद ने पिस्तौल वापस छिपा ली। उफ्फ!

"पर अकेले सूटकेस में दो करोड़ कैसे समाए होंगे? मैंने संदेह व्यक्त किया।

"आ सकते हैं...पाँच सौ के नोट हों तो आराम से आ सकते हैं।" बासू ने बताया।

"पैसे गिन ही लिए जाएँ।" मैंने हाथ बढ़ाया। फिर मेरी नजर उस 'सॉफ्ट लगेज' की जिप में लटके ताले पर जाकर अटक गई थी। "अब यह कैसे खुलेगा!"

"चाबी यहाँ है।" वह लौट आई थी।

बासू की बगल में बैठ गई। बासू का काला चेहरा बैगनी पड़ गया था।

"हाँ, तो और कौन आया है तुम्हारे साथ?" विनोद ने एहतियाती सवाल दागा।

"कोई भी नहीं! ...चाहें तो नीचे तक सूँघ आइए!" लड़की ने चुनौती उछाली।

"इसे अकेले ही उठा लाई? ...ताज्जुब है!" विनोद ने शंका जताई।

"तुम वाकई बड़ी पावरफुल चीज हो!" बासू का रंग लौटने लगा था।

"मैं पावरफुल कहाँ? ...मैं तो बस वह रोमांच हूँ जो पावर के साथ आता है!" ...सूटकेस को थपथपाते वह फिर से खिलखिलाई–"यह रही...!" उसने पर्स में से चाबी निकाली।

सचमुच! पाँच सौ के नोट! ...पाँच-पाँच लाख के चालीस मोटे बंडल सजाकर धरे हुए थे। एक झीनी-सी नाइटी भी!

"हमारे सुंदर भविष्य के लिए!" मैं चीखा।

"पहली और आखिरी बार!" विनोद ने अपना गिलास उठाया।

"निःसंदेह!" हमने जाम टकराए।

"पहली और आखिरी बार!" लड़की ने भी धीरे से दोहराया। पर उसकी हँसी न जाने कहाँ खो गई थी।

"...तुम्हें क्या काट गया?"

"कुछ नहीं...कभी यही सोचकर निकली थी...पहली और आखिरी बार! ...तब आप लोगों जैसी बेव...मतलब भोली थी!"

"ऐ लड़की...तुम हमें बेवकूफ कहने जा रही थी...!" बासू ने उँगली लहराते एतराज जताया।

"नहीं...बिलकुल नहीं!" उसने मासूमियत से आँखें फैला लीं।

"खैर, फिर तुम्हारा लालच बढ़ता गया होगा...है न? ...हम वैसे नहीं हैं...क्यों दोस्तों?" विनोद अकड़कर बोला। मुझे ऊपर के दस लाख चुभते मालूम पड़े।

"लालच?...नहीं, लालच नहीं! ...चलो जाने दो। कौन-सा आसमान टूट जाता है? ...और फिर आप जैसे भद्र लोगों का सान्निध्य मुझे अच्छा लगता है...सचमुच बहुत अच्छा!" वह मुसकराई। अब अपनी अँगूठी से खेलने लगी थी। अंदर-बाहर...अंदर-बाहर!

"और यह किसलिए है?" बासू गुलाबी झीनी नाइटी को दिलचस्पी से देख रहा था।

"सरकार को पारदर्शिता का महत्त्व समझाने के लिए!" वह बड़े भोलेपन से बोली। बासू के पीछे झुकती जा रही थी। आँचल गिरा हुआ। उसके उन्नत कोमल उभार बासू की पीठ पर दबने लगे थे।

"लड़की, तुम बड़ी शरारती हो...!" उस पर नशा चढ़ने लगा था। बासू ने पीठ कसमसाई।

"आप क्या हमेशा सीरियस रहते हैं?" लड़की ने विनोद की तरफ आँखें टिमकाई। विनोद झेंप गया।

"तु...तु...तुम्हारी जुबान बहुत साफ है!" मुश्किल से इतना ही बोल पाया।

"कॉन्वेंट की पढ़ी हूँ," वह इतराई—"आप शायद पुलिस में हैं ना? ...आप कमिश्नर! ...और अंकल क्या करते हैं?" मेरी गंजाती खोपड़ी पर नजर दौड़ाते उसने पूछा।

बासू लोटपोट होता लुढ़क गया। विनोद भी ठहाका मारकर हँस पड़ा—"अंकल! ...बहुत खूब...बहुत खूब।"

"अर्रे...! आप बुरा मान गए...सॉरी! ...अब नहीं कहूँगी...!" आहिस्ता से सिर सहलाते उसने मेरे बचे-खुचे बाल भी बिखेर दिए। उफ! पट्ठी पूरी पटाखा थी।

"तुम्हारा नाम क्या है?" मैंने यूँ ही पूछ लिया था।

"क्यों? ...शादी करनी है?" फिर वही खनकती हुई खिलखिलाहट! फिर वही जोरदार ठहाके!...मैं सिटपिटाकर चुप हो गया।

"छि...! क्या करते हो?...वहाँ नहीं...वहाँ नहीं!" जाड़े के बावजूद लड़की की काँख पर पसीने का बड़ा सा धब्बा उभर आया था। अचानक बासू ने उसमें थूथन घुसेड़ दी! वह हकबका गई थी।

"आऽ! ...जादुई गंध!"...

"डिस्गस्टिंग!" हमारे मुँह से एक साथ निकला।

"तुम गधों को क्या पता! ...कैसी उत्तेजक-मादक गंध!" उसने गहरी साँसें खींचते हुए कहा-"आओ लैला...अब इस मच्छरदानी का जलवा देखते हैं...!" उसने जालीदार नाइटी को कंधे पर डाला और लड़की को बाँहों में दबोच लिया- "चलें?"

हमें आँख मारती वह बासू के साथ गलियारे में ओझल हो गई।

"शेमफुल! ...अब यार, संस्कार थोड़े ही बदल जाते हैं!" विनोद ने पुरानी जमी भड़ास निकाली। बेशक, जलन तो मुझे भी हो रही थी।

खैर! सब निर्विघ्न निपट गया! दिन भर में पहली मर्तबा इत्मीनान का घूँट भरा! एक दिव्य-सी अनुभूति! ...मिशन एकाम्प्लिश्ड!! ...अरे नहीं! वापस लौटकर दस और भी तो वसूलने हैं।

"क्या प्रोग्राम रहेगा?" मैंने पूछा।

"सुबह दिल्ली की ट्रेन पकड़ लूँगा। जल्दी से इसे ठिकाने लगा आऊँ! सोचता हूँ-क्यों न अमेरिका शिफ्ट कर दूँ-हवाले से! ...साले हैं वहाँ! ...बच्चों को अच्छा स्टार्ट मिल जाएगा।"

विचार बुरा नहीं है! ...छोटा भी निकल जाता तो बेहतर रहता! ...मनीपाल में क्या धरा है? टिकट, तैयारियाँ और साल भर का सहारा-तीसेक हजार डॉलर! ...लगभग चौदह लाख रुपए! ...यानी चार लाख अतिरिक्त! ...मगर वहाँ तो मजूरी करके भी लाख रुपया महीना कमा लेगा! पर किधर से आएँगे-अतिरिक्त चार लाख? ...नहीं-नहीं, फिर सुसंस्कृति के लिए कुछ भी नहीं बचेगा!

"अपने सेंटर के बारे में कुछ सोचा है?" मैंने आहिस्ता से विनोद को टटोला।

"सेंटर!" वह चिहुँका..."अच्छा, वो तुम्हारी लाइब्रेरी! ...तुम सचमुच सीरियस थे?"

"फिल्मों का खंड तो तुम्हारा ही आइडिया था!" मैंने शिकायती लहजे में कहा।

"यार प्रैक्टिकल नहीं है! ...बाद में देखोगे—शहर भर के लफंगे बैठकर ब्लू फिल्में देख रहे हैं! ...और क्या! किसको रोक पाओगे? गंदगी का अड्डा बन जाएगा।"

"...अब आप भी उतारिए...धत्! ऐसे क्या देख रहे हो...!" शयनकक्ष से तैरती हुई आवाज आई।

"हूँऽऽ! यह तो सोचा ही नहीं था!" मैंने उधर से ध्यान हटाया—"पर लाइब्रेरी?"

"आउटडेटेड कॉन्सेप्ट!" विनोद विशेषज्ञों की तरह बोला—"इंटरनेट का जमाना है यार!"...जो जी चाहे- घर बैठे पढ़ लो! ...वैसे भी वह सब सरकार का सिरदर्द है! ...निजी तौर पर करने में दुनिया भर के झमेले पड़ेंगे! ...बता रहा हूँ—आधे पर लटक जाओगे...न इधर के, न उधर के!"

उसकी बात में दम था। अचानक सुसंस्कृति केंद्र का पूरा ख्याल मुझे उतना ही खोखला, निरर्थक और अधकचरी भावुकता से भरा लगने लगा था जितना कि. ..जितना कि आप सबों का लग रहा होगा! ...किंतु न जाने क्यों, दिल पर बोझ-सा चढ़ता जान पड़ा।

"तुम सचमुच कुछ भला करना चाहते हो?" विनोद ने मुझे पढ़ते हुए पूछा।

"यार, उसके बगैर चैन नहीं मिलेगा...!"

"फिर ऐसा करते हैं—भूकंप पीड़ितों के नाम दस-दस हजार! ...इससे अच्छी समाज सेवा और क्या हो सकती है?"

विनोद ने अंतरात्मा की चीख-पुकार को पछाड़ने वाला धोबियापाट ढूँढ़ निकाला था।

"इसे दुगना नहीं कर दें?"

"अग्रीड! ...बीस-बीस हजार का गुप्त दान! ...बासू से भी झटक लेंगे।"

"थैंक्यू!" मैं एकदम से हलका महसूस करने लगा था।

अचानक शयनकक्ष से लड़की के ठहाके गूँज उठे। लगातार हँसती ही जा रही थी। बासू झुँझलाकर चीख रहा था—"...इट विल ग्रो...अभी बढ़ जाएगा! ...अरे! ...कांसन्ट्रेट तो करने दो! ...शटअप यू बिच। ...शटअप!!" लेकिन ठहाके देर तक गूँजते रहे। फिर धर-पकड़ की आवाजें और कपड़ों की सरसराहट! ...अब दोबारा से शांति छा गई थी।

"यह निकलें तो जाएँ अपने-अपने ठिकाने पर!" विनोद ने मुँह बनाते हुए घड़ी पर नजर दौड़ाई। मैंने टी.वी. चालू कर दिया।

उफ! केबीसी, सवाल दस करोड़ का, और अब छप्पर फाड़ के! ...चुगद से चुगद नर-मादा भी अच्छी-खासी रकम जीत ले जाते हैं!

"बदलो यार! ...नंगई ही देखनी है तो जनता के भेजे की क्यों देखें? ...पामेला एंडरसन क्या बुरी है?"–विनोद ने रिमोट झपट लिया। फटाफट चैनल बदलता रहा फिर असंतोष से उसे बुझा ही दिया।

"तब तक पैसे बाँट लिए जाएँ!" उसने सुझाया।

"बिलकुल! ...पर हम इसे ले किस चीज में जाएँगे?...एक सूटकेस और आदमी तीन!" गिलास खाली करते हुए मैंने शोले वाला डायलॉग मरोड़ा।

"ओह शिट!" उसने माथा ठोका–"ध्यान ही नहीं रहा! ...दुकानें भी बंद हो गई होंगी! ...अब कैसे करें?"

ऐन उसी वक्त मोत्जार्ट की चालीसवीं सिंफनी जोर से बजने लगी। किंकियाती हुई! ...आत्माविहीन!

"अब कौन आ मरा? ...अरे हाँ, बासू का ड्राइवर होगा! ...कह दो जल्दी से खाकर आ जाए!"

मैंने दरवाजे की 'जादुई आँख' से ताका!

नहीं, ड्राइवर नहीं! पोशाक से तो वह सरपंच जी से लेकर माननीय प्रधानमंत्री जी तक–कुछ भी हो सकता था। झकझकाती धोती, कलफ पड़ा महीन खद्दर का कुर्ता, गर्म चाकलेटी बंडी और सफेद जूते! धुले हुए बगुले की तरह नजर आ रहा था। लंबा-चौड़ा कद, करीने से सँवरे काले-सफेद बाल, तेजस्वी चेहरा...और हाँ–एक बेलन के आकार में लिपटा अखबार–जिसे उसने काँख में दबा रखा था।

लेकिन! ...लेकिन! मेरी याददाश्त चौंधियाई–मुझे अच्छी तरह ध्यान है कि दरवाजे में कोई चक्षुछिद्र तो था ही नहीं! ...फिर कैसे? ...तीन या चार बड़े पैग! ...कोई इतनी ज्यादा भी नहीं पी ली है मैंने! ...फिर कैसे?

बढ़ा हुआ रक्तचाप...या मधुमेह का उतार-चढ़ाव! निश्चित रूप से कुछ पल को मैं दिमागी अंधकार का शिकार हो गया होऊँगा। क्योंकि मुझे बिलकुल भी याद नहीं कि मैंने दरवाजा कब खोला? ...जबकि आगंतुक भीतर आ खड़ा हुआ था! मानो बंद दरवाजे के बीच से निकल आया हो!

आँखें मसलीं, दरवाजे को फिर से देखा...अब कहीं कोई छेद नहीं दिख रहा था! ...विचित्र-सा दृष्टि-भ्रम! ...जेहन में कौंधती-टकराती चमक! बाप रे बाप! ...फिर कभी डॉक्टरी सलाह की अवहेलना न करने की कसम खाई थी मैंने।

"...रजक साहब? ...वासुदेव बाबू...?" गहरी खुरदुरी आवाज में अपने सवाल को उसने लटकता छोड़ दिया। जवाब का इंतजार किए बगैर आगे बढ़ता चला

आया...बासू, साला ईडियट! जाने किस-किस को न्योता बाँट रखा है!...क्या बताऊँगा इस बगुले को कि बासू कहाँ है? खैर था कि शयन कक्ष की दिशा से कोई आवाज नहीं आ रही थी।

"अहा, डीआईजी साहब! ...भाई जवाब नहीं! ...डीजी, प्रधान सचिव से लेकर सीएम तक–जिसको देखिए आपका गुन गाता है।"

विनोद ने छोटी-सी औपचारिक मुसकान उछाली, फिर मेरी तरफ संशय से देखा। अब भला मुझे क्या मालूम? मैंने भी मुँह बिचकाते हुए धीरे से कंधे उचका दिए।

परेशानी सूटकेस को लेकर थी। सामने ही धरा था। मैंने उसे उठाया–मानो जगह बना रहा होऊँ–"तशरीफ रखिए!" सफाई से उसे सोफे के पीछे छिपाते हुए मैं बोला। आगंतुक ने लिपटे अखबार को सोफे के किनारे फँसा दिया और आराम से पसर गया।

"बलेक लेबुल!" वह बुदबुदाया।

"चलेगा?" मैंने तत्परता से पूछा और फिर से एक नजर गलियारे की तरफ मारी।

"बिलाई से मलाई के लिए पूछते हैं?...हें...हें..." विनोद को भी हँसी आ गई थी। "बाकी इतना में का होगा?" उसने बची हुई सारी शराब अपने गिलास में उँडेल ली–"देखिए ना–बेचारा बोतल भी पिछाड़ी घुलट दिया! ...माने आप लोग के भासा में 'बोटम्स-अप'!"

दूसरी बोतल लाने के लिए कुढ़ता हुआ उठा। अब किया क्या जाए! ...इस जाहिल को उलझाकर रखना भी जरूरी है।

"ब्लडी-बगर बासू! ...सचमुच साले का ब्रेन-ड्रेन हो चुका है!" विनोद भी बहाने से चला आया–"क्या करें इस जोकर का? ...विचित्र जंतु है!"

शयन कक्ष से दबी-घुटी आवाजें उठने लगी थीं। "कम-से-कम बासू को वार्न कर दिया जाए!" विनोद ने दरवाजा थपथपाने के लिए हाथ बढ़ाया।

"अरे रे रे...काहे को तंग करते हैं बेचारा सबको?" आगंतुक ने टोका! जाने कब हमारे पीछे आकर खड़ा हो गया था। "इतना बढ़िया तो जा रहा है। खेलने दीजिए न...चलिए तब तक गप्प ठोका जाए!"

कुछ पल के लिए हमारी बत्ती उड़ गई थी।

उसने नई बोतल से काफी सारा ढाला फिर उसे मेरी तरफ तरफ बढ़ा दिया–"आप लोग भी लीजिए!...इसी पर एक ठो जोक सुनाते हैं! ...एगो सरदार जी थे..."

उसने एक घिनौना-सा लतीफा पेला और खुद ही पेट पकड़कर देर तक हँसता रहा। हम मुसकराए तक नहीं थे।

"आपसे ठीक से परिचय नहीं हुआ!" विनोद ने छानबीन आरंभ की।

"हो जाएगा...परिचय भी हो जाएगा! ...आप लोग हँसे नहीं? ...जोक नहीं बुझाया का?"

"करते क्या हैं?" विनोद ने एक कदम और बढ़ाया।

"आऽ! हमारे ड्रेस पर ध्यान नहीं दिए! ...रजनीती! ...और कई एक ठो संस्था भी चलाते हैं...क्या तो कहते हैं...इांऽऽ रीहैबीलीटेसन सेंटर–वह अटक-अटककर बोला। अब रहा परिचय! ...तो समझ लीजिए कि तमाम बड़का लोग सबसे परिचय है हमारा!"

"सभो लँगोटिया यार होंगे आपके!" मैं खीज उठा था। साला शेखचिल्ली की औलाद!

"ना-ना, यार नहीं! ...हमसे डरता है तब!" वह बड़े मीठे से मुसकराया–"चोरवा सबको धर लेते हैं न–तो फिर टेंटुआ थोड़े छोड़ते हैं! ...इतना आसान मत बूझिए! ...एऽ सर!..." वह विनोद की तरफ मुखातिब हुआ–"एक से एक अफसर को देखा! आईएएस, आईपीएस–सबको! ...जानते हैं–मात्र एक ठो अच्छा पोस्टिंग के लिए–पाँच बरस के बच्चा का मूड़ी भी माँगिएगा ना–त ऊ भी काट के ला देगा!!...हारा हुआ को जितवा देता है...जीता का जमानत जब्त!" उसने जीभ चटकाई–"बाकी आप पहिला आदमी मिले हैं जो कि...भाई बहुत तमन्ना है कि अपने किसी संस्था के तरफ से आपको सम्मानित किया जाए! ...सुविकारिएगा? ...ओऽऽप बुम्मऽऽ!!" उसने जोर की डकार भरी।

बढ़ी-चढ़ी गर्वोक्तियाँ, भयंकर अशिष्टताएँ और अतिशय विनम्रता! ...विस्मयकारी गणित था उसका। यह चीज क्या है? ...और कह क्या रहा है हमसे? ...चाशनी चढ़ी धमकी है? ...या बेवकूफी भरा बड़बोलापन? वह जो भी था, धीरे-धीरे रहस्यमय बनता जा रहा था।

"सम्मान-वम्मान अपने पास ही रखिए..." बिलकुल! विनोद से यही अपेक्षा थी! "कमिश्नर साहब से कैसे परिचय है?" उसने सख्ती से पूछा।

"अरे रे...लगता है खिसिया गए! बलड प्रेसर का दवाई भी है हमारे पास!" –उसने दाँत चमकाए और इत्मीनान से घुटने मोड़, दोनों पैर टेबल पर टिका दिए! उघड़ी हुई जाँघें! बीचोबीच निर्लज्ज भाव से झलकता उसका हनुमान छाप लाल लँगोटा! ...टेनिस की गेंद...नहीं, लगभग नारियल के आकार का फूला हुआ!! अह! बेहूदा जाकर अपने इस वृह्त्कोष का ऑपरेशन क्यों नहीं कराता? जरा-सा

भी सेंस नहीं है साले को! ...अभी लड़की आ गई तो क्या सोचेगी? ...कैसा खराब इम्प्रेशन पड़ेगा उस पर! छिः!!

"पैर नीचे करो! ...बिलकुल इंडीसेंट लग रहा है!" विनोद भी मेरी तरह ही सोच रहा था। उसने बगुले को झड़प दिया।

"ऐसे आराम मिलता है तब!" अब महाशय बेशऊरों की तरह टाँगें भी हिलाने लगे थे।

गलियारे में कोई दरवाजा भड़ाक से खुला। मैं सहम उठा था। पर लड़की नहीं!...बासू अकेला...लपकता सा आया...नशे में लड़खड़ाता हुआ...हमारे समझने के पहले ही उसने सूटकेस को खोज निकाला। चर्रऽऽ से उसकी जिप खोली। बंडल में से एक गड्डी नोच डाली। "हलोऽ"—आगंतुक को देख उसने हाथ हिलाया और हड़बड़ाता-सा वापस गलियारे में भागा। हम भी दौड़े।

विनोद ने उसकी बाँह पकड़ ली थी—"कर क्या रहे हो? ...पागल हो गए हो क्या?" मैं दूर से ही सूटकेस पर भी नजर रखता रहा।

"आप लोगों को कुछ पता भी है?..."—बासू गुस्से से टेढ़ा हो गया था—"...उसकी दर्दभरी कहानी का इतना-सा अंदाजा है आप दोनों को?...और उसका भाई—कैंसर से मर रहा है बेचारा!! ...आई मस्ट हेल्प हर...आई मस्ट!!" उसने झटककर हाथ छुड़ा लिया और दरवाजे पर खड़ी लड़की की तरफ गड्डी बढ़ा दी—"डोंट वरी! ...मैं हूँ ना तुम्हारे साथ! ...मैं हूँ...!!"

उफ! झीनी-झीनी नाइटी में जमता-पिघलता उसका बदन—जैसे मोम में ढला था! ...अच्छे-अच्छों का दिमाग चकरा जाए! फिर सूरत भी पट्ठी ने 'अबला जीवन हाय...' वाली अलग बना डाली थी।

"थैंकयू!" वह डबडबाए गले से बोली। पलक झपकते, पूरे पचास हजार, चमचम करते पर्स का निवाला बन गए थे। "एक्सक्यूज मी!" उसने दरवाजा बंद कर लिया।

"...फकिंग ईडियट! ...और वहाँ किसे बुला रखा है तुमने?" विनोद चीखा।

"किसे बुला रखा है तुमने!!" बासू डगमगाया।

"वही, जिसे हाथ हिलाकर आप हलो कर रहे थे!" मैंने दाँत पीसे।

"अरे! ...मुझे लगा तुम्हारा...तुम्हारा साथी है!" वह आँखें मिचमिचाकर दिमागी कोहरे को फाड़ता रहा—"मैंने किसी को नहीं बुलाया...पागल हूँ क्या?"

हम बेवकूफों की तरह एक-दूसरे को ताकते रहे।

उधर हॉल में, श्रीमान् जी अपनी मोटी-बेसुरी आवाज में निहायत अश्लील-सा गाना गुनगुनाने लगे थे...सोफे के हत्थे पर अँगूठियाँ पीटते हुए–"जुलमी जोबना रेऽऽऽ...चोलिया में लड़ावे ला कबूतर...! सुदेसी सनस्क्रीती का गीत है! ...फोक साँग!!" पाजी ने हमें बताया। फिर से नई धुन में चालू हो गया–"एगो चुम्मा देले जईह हो करेजऊ...!"

और पहले की तरह सजी-सँवरी वह अंतःपुर से निकल आई थी। बासू से चिपटते उसके कान में कुछ फुसफुसाई, हमारी तरफ प्यार से देखा, और फिर हमारे देखते-देखते बगुले के आगोश में समा गई थी! 'करेजऊ' को उसने गहराई से चूमा...और यह जा और वह जा!

"ब्लडी परवर्ट...गोदी में बिठाता है! ...भोली-भाली बच्ची को गोदी में बिठाता है!" बासू ने खतरनाक तरीके से उसे उँगली दिखाई। उसका नशा अभी तक उतरा नहीं था।

"कौन हो तुम? ...यहाँ आने की हिम्मत कैसे हुई तुम्हारी!" मैं और विनोद, अलग-अलग चीखे।

"सांति...सांति! ...देर-सबेर...बाकी हर जगह पहुँच जाते हैं सर!" अजब अहंकार से वह बोला–मानो सर्वव्यापी ही हो–"अलग-अलग रूप...अलग-अलग बोली में!...कोई बच नहीं पाता हमसे! ...अतेरे की! ...गिफ्टवा देना तो भूल ही गए! ...एक मिनट!" उसने लिपटे अखबार को चट से टेबल पर पसार दिया। भीतर से बड़े-बड़े दो मोटे प्लास्टिक के थैले निकाले–"यह कबूल कीजिए...और थैंक्यू बोलिए! ...न तो रुपइया का कपार पर ढोकर ले जाइएगा?"

बासू का नशा फट गया था। किंतु इस झटके से विनोद सबसे पहले उबरा–"अजित को तो जिंदा नहीं छोड़ूँगा!" घायल नाग-सा फुँफकारा।

"अजित-फजित कोई चीज है? ...छोटा-सा पुर्जा...!! कितना है बकसवा में? पूरा दू करोड़...कि दस-पाँच लाख और भी!" उसकी वक्र-दृष्टि के आगे मैं बगलें झाँकने लगा था।

"जितना भी है...तुमसे मतलब?" बासू बिगड़ा।

"इसे तो अभी सीधा किए देता हूँ!" विनोद उसकी गर्दन पर लपका।

"ना ना...ई सब होसियारी नहीं!" उसने कुर्ते की जेब से कुछ निकाला–"टेप हो गया है...दूर कहीं पर...इसके जरिए सब टेप हो गया है!"

पेजर के आकार की कोई चीज थी! ...अरे यार, पेजर ही तो है! ...साला जबरदस्ती पेल रहा है...पर क्या पता! इंफॉर्मेशन तो जबरदस्त है लोमड़ की!

...हिम्मत नहीं जुट रही थी कि खखरकर हम उसकी चालबाजी का पर्दाफाश कर दें...अब दिखता तो पेजर ही है! ...क्यों? ...पर कौन जाने!

विनोद ने झटके से पिस्तौल निकाल ली। वह निपट लेगा इस चमगादड़ से!

"सीधी तरह मेरे हवाले कर दो! ...वरना गोली मार दूँगा।"

"बिलकुल कद्दू हैं का जी?"–उसने पलक तक नहीं झपकाई थी–"हम तो बड़ी तेज बूझते थे आपको! ...रिभाल्वर चमकाने से का डर जाएँगे? ...नौकरसाही का हथियार काम नहीं करता है इस पर! ...ई बुल्लेट प्रूफ होता है बाबू!!" अपनी खादी की बंडी सहलाते हुए दुष्ट मुसकराया।

अर्थ, बासू की समझ में झट से आ गया था। विनोद को शांत कराता वह बीच-बचाव में जुट गया।

"बुल्लेट प्रूफ होता है, तो काहे धरा-पकड़ा के भीतर जा रहे हैं बड़का-बड़का नेता लोग?" मैंने उसी के लहजे में ताना मारा। साला औकात से बढ़कर बोल रहा है।

"जनताछाप ही रह गए यार!" बगुले ने अफसोस से मुंडी हिलाई–"तुम भी समझते हो कि उसमें ई बोकवा सबका बहादुरी है?" उसने पुलिस और प्रशासन दोनों पर नजर दौड़ाई–"या बूझते हो कि करीया चोगा वाले चपंडुक जज साहब का कमाल है? ...बुड़बक आदमी! ...अरे, ऊ सब तो हमारा आपस का दंगल है, हँसी-मजाक है,...चूमा-चाटी है! 'कभी तुम नीचे तो कभी हम ऊपर' वाला खेल है...और का! ...थोड़ा मनोरंजन हो जाता है...जनता ससुरी भी बझी रहती है!"

चंडूलखाने की उड़ा रहा है...ऐसा थोड़े होता होगा!! ...कैसे संभव है?

"तुम आखिर चाहते क्या हो?" बासू ने विनोद को सोफे पर धकेलते हुए हथियार गिरा ही दिए! बासू को हो क्या गया है?

"ई हुआ कुछ कायदे का बात! ...अ दुर्र! ई चना-चबेना में से हिस्सा थोड़े चाहिए!" उसने दो करोड़ रुपयों को कितनी हिकारत से देखा था!–"हम तो बस यज्ञोपवीत करना चाहते हैं आप दोनों का...अंगरेजी में का तो कहते हैं?...हाँ... बपतिस्मा!!" उसने बासू और विनोद से एक साथ कहा–"अब पहले वाला फाँय-फोंय त्याग दीजिए...मोछ-बाल सब पकने लगा है! ...तन-मन से इस वन एंड ओनली सुच्चा धरम में भिड़ जाइए। देवताओं का चाहत जानिए, भगवान का रंग पहचानिए...फिर नरसंहार से लेकर रेप, डकैती, कतल, फिरौती, हवाला, घोटाला, दंगा-फसाद...इस्मगलिंग तक! भक्तों को जहाँ भी फँसा पाइए मदद पहुँचाइए। इलेक्सन जितवाइए। खाने-कमाने का पौलिसी बढ़वाइए! यही सब, और का! ...बदले में मनलायक पोस्टिंग मिलेगा, परमोसन मिलेगा, फौरन का टूर लगेगा।

पैसा कौड़ी कोई बात ही नहीं है–जनता से नोचने का लाइसेंस रहेगा! ...जदी ईसवर आनंद से इस्खलित हो गए तो रिटायरमेंट के बाद भी–सीएमओ से लेकर पीएमओ तक–सलाहकार के पद पर पुनः बहाली!...और असल के हरामी सबको तो हम लोग गोद ले लेते हैं! संसद का सिमसिम खुल जाएगा...परमब्रह्म से एकाकार हो जाइएगा!!"

सूअर का बच्चा! हरामजादा! क्या समझता है खुद को? विनोद उठकर खड़ा हो गया है! ...चमड़ी उधेड़कर रख देगा! चेहरा कैसा लाल पड़ गया है! सीना धौंकनी की तरह चल रहा है, गर्दन की नसें तड़तड़ा रही हैं! ...अंडकोष न फोड़ दे साले का! ...मार ही डालेगा क्या?

साँस लेने में कठिनाई हो रही होगी। विनोद ने अपने कॉलर का बटन नोच दिया। गर्दन इधर-उधर डुलाई–"अब चाहे जो हो जाए पर बलात्कार के मामलों को तो किसी भी कीमत पर नहीं छोड़ूँगा! किसी कीमत पर नहीं!!" मेरी तरफ देखते हुए वह बोला।

"तथास्तु" बगुले ने आशीर्वाद के लिए हाथ बढ़ाए। दोनों ने गर्दन झुका दी। मुझे साँप सूँघ गया था।

"आप लोगों का जो जी चाहे करिए! ...पर मैं इस कमीने की मर्जी का कुछ भी नहीं करने वाला...कुछ भी नहीं!" मैं जोर-जोर से चीखता रहा।

"चुप बे साले लेखक-फेखक!" ...तीन में हो कि तेरह में रे? ...बहनचोऽ औकात क्या है तुम्हारी? उसने सबके सामने मुझे जोर से डपट दिया।

और 'बुडुम्म' की भयानक आवाज के साथ वह अलोपित हो गया।

उसकी अपानवायु की गंध हवा में देर तक लटकी रही थी।

जाने कौन था? ...शय की तरह आया, हवा की तरह चला गया!...क्या था वह सब? कभी लगता है दुश्मनों ने मिलकर जाल बिछाया था!...कभी लगता है अपनी व्यवस्था की अंदरूनी व्यवस्था सचमुच ऐसी ही है। हालाँकि यह मानने का दिल नहीं करता! इसे विदेशी ताकतों का षड्यंत्र नहीं मान लिया जाए?...और क्या! ...पर हम भी तो! ...मतलब विनोद और बासू भी तो...जैसे निगलने के लिए तैयार बैठे थे। अब क्या था–नहीं पता। विनोद से फिर मुलाकात नहीं हुई। उसका और बासू का रातों-रात 'अच्छी जगहों' पर तबादला हो गया था। समय से पहले प्रमोशन भी मिल गया है दोनों को!

बहरहाल, अब आराम से रहता हूँ। घर-वर ठीक करा लिया है। बढ़िया शराब पीता हूँ। शाम को भक्तिभाव से टीवी के सीरियल देखता हूँ। भूकंप में मैंने तो दे दिए थे–ठिकाने पर पहुँचे या नहीं, खुदा जाने! छोटा तड़ीपार कर गया है, बीवी

खुश रहती है। मुटाती जा रही है। बस, काफी अर्से से कुछ लिखा नहीं!...अब किसके लिए लिखा जाए? ...सुसंस्कृति-फुसंस्कृति के झमेले से भी खुद को अलग कर लिया है! जरूरत ही महसूस नहीं होती! ...फिर डॉक्टरों की राय भी यही है! ...खा-म-खा क्यों ब्लडप्रेशर बढ़ाता फिरूँ?

अरे हाँ! अजित ने वो ऊपर वाले दस लाख अब तक नहीं दिए! इतने सारे तगादों के बावजूद! ...एहसान फरामोश और निहायत कमीना आदमी है। कल ही तो! ...सुना किसी से कह रहा था कि मेरा घोर पतन हो चुका है!! मेरा! ...अब विनोद के लिए कहे तो एक बात भी है! ...पर मेरा! ...मेरा क्या है? जबकि याद करिए—शहद से रंग वाली लड़की ने संदेह भी व्यक्त किया था! पर मेरे लिए तो वह 'पहली और आखिरी बार' ही रहा! वरना ऐसा थोड़े है कि हम लेखकों की कोई औकात नहीं होती। उन पत्रकारों की तरह चड्ढी उतार निहुरने को तैयार हो जाएँ तो हम भी पीटकर कमा सकते हैं!! ...और क्या? ...खैर छोड़िए, निंदा तो परमात्मा की भी की जा सकती है। पर उस लंपट के मुँह से! ...राम... राम...अच्छा लगता है क्या?

['हंस' अगस्त, 2001]

✪✪✪